PARA QUE NO ME OLVIDES

Marcela Serrano

Para que no me olvides

EDITORIAL OVEJA NEGRA

Cra. 14 No. 79-17 Santafé de Bogotá - Colombia

1a edición, septiembre de 1993
15a edición, mayo de 1997
16a. edición, septiembre de 1997
ISBN: 8482808967

Artes: Grupo Editorial 87 Ltda.
Fotomecánica: Fotolito Villalobos Ltda.
Impreso por Editorial Retina Ltda.
Impreso en Colombia
Printed in Colombia

A Luis Maira, toda la vida.

«La mujer huyó a la soledad, donde tenía un lugar preparado por Dios».

Apocalipsis 12, versículo 6-7.

CONTENIDO

Primera parte
(LA CIUDAD)

Mi abuela me enseñó a leer.

Mi abuela me enseñó los libros y me traspasó su amor hacia ellos. No tuve elección, fue su herencia. Mi abuela me dijo que con los libros yo nunca estaría sola.

Me enseñó a cuidar de mis ojos adueñándome de ellos como el lugar más preciado, el más nítido. Me explicó que si alguna vez fallasen los oídos, no sería tan grave, poco me perdería, todo lo que valía escuchar se había escrito y lo rescataría con mis ojos. Me dijo que si alguna vez fallase la voz, no sería el fin. Recibiría el sonido exterior sin devolverlo y nadie lo echaría en falta, menos yo. Estaban las palabras para ser ejecutadas: por mis oídos las que ya estaban concebidas, por mis manos las que quisiera inventar. Al final, sin mencionar siquiera otras carencias como el olfato o el gusto, mi abuela me dijo que ignorara la sordera y la mudez si llegasen a acometerme, que la única falta total era la ceguera.

Que cuidara mis ojos. Sólo con ellos podría leer. Sólo ellos me salvarían de la soledad.

Fue un sábado por la tarde. Pasábamos el fin de semana con Sofía y Victoria en mi casa en el campo. Bajo el parrón llegó la hora desolada de los cerros y la piscina en silencio era un azul tan azul, olvidadiza del verde que nos rodeaba, ajena al verde, como nunca logré estar yo, siempre algo enredada en ese color.

Sucedió lentamente.

Así.

Mientras flotaba en el aire y aterrizaba en mí la risa de Sofía, comencé a sentir un hormigueo en mi brazo derecho. Me lo sobé sin darle importancia.

-Blanca, ¿no hay más hielo?

Me levantó el impulso de mi instinto diligente y crucé hacia la casa. Desde el living le grité a Honoria a la cocina, que trajera la hielera. Entonces, de pie al centro de esa familiar sala, sentí el hormigueo de nuevo, esta vez recorriéndome la pierna derecha. Me sujeté del borde de la mesa de pool y el paño verde sería una visión para siempre. Con los ojos fijos en la tela esperé que el hormigueo se fuera. Permaneció. Al cabo de un rato volví al jardín y caminé hacia el parrón con cierta torpeza. Sofía me miró divertida.

-No me digas que ya te curaste, ¡con tan poco!

Mi sonrisa debe haber parecido forzada. Tomé mi lugar en la silla de lona al lado de Victoria. No, no era idea mía, se me había dormido el brazo, se me había dormido la pierna y ahora mi mano también se dormía.

Llegó Honoria con el hielo. Miró hacia arriba y detectó los nubarrones.

-Se cortó el cielo -anunció.

Victoria, poco rural, me miró.

-Va a empezar a llover -le aclaré.

Extraña, la mirada de Honoria se cruzó con un zumbido, como si algo estuviese traspasando en ese instante la barrera del sonido.

Llevé mi mano despierta al oído, asustada ante tal remezón. Pero nadie había escuchado nada.

-Señora, ¿se siente bien?

-Fue sólo un ruido -titubié.

-¿De qué ruido hablas en este silencio? -preguntó Victoria sorprendida.

-Nada... quizás un trueno.

-No, no han comenzado aún los desarreglos en el cielo -insistió Honoria-. Está un poco pálida la señora.

-¿No digo yo? -Sofía rió-. Blanca es incapaz de hacer un mínimo desbarajuste... no han sido más de dos copas...

-Y de vino blanco -acotó Victoria, con su whisky en la mano-. ¿Se han fijado lo chic que se ha puesto tomar sólo vino blanco en los aperitivos? Venga ese vaso, Blanca.

Alargué mi mano, y en ese instante sentí cómo se levantaba la parte superior del labio, derecho también, rígido se levantaba, subiéndoseme en una fea mueca, mezclándose en mis oídos el líquido derramando con el zumbido en el cerebro y la mitad del cuerpo dormido .

El vaso de vino se dio vuelta.

Y eso fue todo.

Si trato de recordar en orden los acontecimientos, diría que lo primero fue la voz un poco agresiva de Sofía. ¿Qué te pasa, Blanca? Articulé una respuesta, pero se atascó en la garganta. Se volcó mi silla enredada con mi cuerpo y caí al suelo. Parece que el grito fue de Victoria y el ruido de un motor calentándose, el de Sofía, simultáneos ambos -grito y motor- en mi memoria. Me subieron entre ambas a la camioneta, no se ponen aún de acuerdo si mis ojos estaban abiertos o cerrados. Sobre lo que no hay discusión es aquello del labio superior, esa horrible mueca del labio levantado, un solo pedazo de labio levantado. Pero sé que no perdí la conciencia. Nunca perdí la conciencia.

No estaba desmayada, me daba cuenta de todo, pero no podía explicarlo. En todo ese trayecto hasta Santiago, no más de una hora y media, mis cinco sentidos funcionaron. Ellas pensaron que yo estaba casi en otro mundo. En parte era cierto, pero no como ellas lo imaginaban. Me arremolinaba en sueños lejanos, en ese camino de mi niñez, en algún brazo estirado de mi madre que me sacara de aquel letargo. Iba tendida en el asiento trasero con la mano de Victoria que no soltó la mía, y con un silencio interrumpido sólo por las imprecaciones de Sofía frente a los hoyos y las piedras del camino sin pavimentar que podían herirme en su irregularidad. Yo soñaba. Incluso recordé a mi abuela gritándole a un funcionario de gobierno que había ido al campo por el día: ¡No vayan a pavimentar este camino, por favor no, que nos va a invadir la clase media! Discutieron entre ellas a qué clínica llevarme: una era mejor, pero estaba tan lejos; otra era más barata, decía Victoria. Qué mierda que Alfonso no esté, Sofía repitió esa frase varias veces durante el trayecto. Al final se decidieron por la Clínica Alemana, y cuando salió una camilla a recibirme yo me levanté por mis propios medios. Me acostaron, pero pude hacerlo: fue con mis propios pies que me levanté.

Estuve varios días en la clínica, siempre tendida, llena de tubos, aislada. Me hicieron infinitos exámenes y todo fue nebuloso. A veces entraba Sofía con los ojos enrojecidos, también otros miembros de mi familia, pero yo continuaba en este largo letargo y sólo los miraba. Dicen que lloraba, pero debe haber sido algo puramente físico pues yo no recuerdo la pena. Mi hermano Alfonso no se separó de mi lado. Lo escuchaba desde lejos hablando de médico a médico con los señores del pabellón y me hablaba a mí como si hubiésemos vuelto a la infancia. Yo cerraba los ojos y me dormía con su voz.

Al final me enfrentó el neurólogo. Alfonso conmigo, como el testigo. Me explicó: que un accidente vascular, un infarto cerebral, que un minúsculo coágulo había llegado al cerebro, que unas células muertas en el lóbulo parietal izquierdo. Mostró radiografías y estas células constituían una mancha no más grande que una moneda. Comentó que mi ataque no era común, que no se entendía su origen, que la presión no se me había alterado. Dijo algo sobre los lóbulos y las áreas de comprensión y de expresión. Sólo esta última había sido afectada, la primera estaba intacta. Entonces escuché por vez primera aquella palabra: afasia.

Eso fue cuanto ocurrió.

Me transformé en una muda.

Cuando salí de la clínica, mientras todos hacían lo imposible por entender esta enfermedad, Sofía me dijo como si recién despertara.

–¡La escritura, Blanca! Es una buena idea... podrías comunicarte con nosotros escribiendo.

La miré esperanzada mientras traía los implementos. Tomé ese lápiz, lo acaricié, lo apreté, lo retuve, pero escurridizo siguió de largo, siguió solo, sin mi dirección. Las letras no aparecían, aunque las pensaba en mi mente.

Llegó Alfonso al dormitorio y la escena que le devolvieron sus ojos –Sofía tendida a mi lado en la cama, fija en estos signos que el lápiz había hecho por su cuenta, despavorida su mirada– tiñó su tono de severidad.

–No es la voz la afectada, Sofía. Es la expresión, es el lenguaje, entiende, es la zona que la comunica con el mundo. Además de afasia, tiene alexia, agrafia y acalculia. Ni la lectura, ni la escritura ni el cálculo le son posibles por ahora. Recuperará algo de lo que aprendió con el otro hemisferio del cerebro, el derecho. Eso esperamos, al menos –miró cansado–. No la sometan a más pruebas.

Como si yo no estuviese ahí.

Al día siguiente me trajeron el diario junto con el desayuno: el gesto de siempre, en la bandeja de siempre. Lo tomé, el más inocente de los hábitos. Miré detenidamente. Veía las letras, eran dibujos. Grafismos sin significado. Veía las imágenes de las letras, sólo que al juntarlas no me hacían sentido, no me comunicaban nada. Las letras me cortaban la vista y la imagen se me iba. Tiré el diario al suelo y me desplomé. Grité y las cuerdas vocales funcionaron. Entonces recordé que no era muda, no.

Era afásica.

No fue mucho el tiempo que me llevó comprender mi enfermedad.

Un día viene una palabra, luego se va. A veces no recuerdo el uso de ellas, las malditas. Recuerdo recordándolas, y a poco parten. Entonces llegan otras y estas otras vuelven a partir. No es la palabra en sí el vacío, es la fonética de ellas. Palpo cada sonido en el fondo de la mente. Pero es tenue, muy tenue este fondo que se niega a surgir.

De vez en vez llegan las palabras a mí, o el recuerdo de ellas. Puedo decirlas en silencio, en este silencio nuevo y mío, dulce y agresor.

Lo peor es que el doctor insistió en lo intacto de mi capacidad de comprensión. Lo comprendo todo, a pesar de mí estoy completamente lúcida. También insiste en la razón desconocida de esta trombosis, derrame o cómo se llame. Que no pueden impedir un próximo ataque si no saben a qué se debió. Que estará siempre la amenaza de un siguiente. Estará.

Mi temor es convertirme a la larga en un vegetal. Aún pienso, aún conformo pensamientos, porque vengo con el vuelo de haberlo hecho durante tantos años. Pero en la medida en que no ocupe el lenguaje, ¿podré generar nuevos pensamientos?

Todos en torno a mí se preguntan cómo será la afasia. Es una enfermedad equívoca, como si hubiese desaparecido el lenguaje interno junto con el externo y no es así. Sucede que el mundo interno se queda sin comunicación. Como si eso fuera poco. Ellos se preguntan cómo será.

Una cárcel. Esa es la única respuesta.

Una cárcel en blanco.

Me han herido en el centro. Y yo que creía que el centro era el corazón.

HE inventado un nuevo lenguaje: mis ojos.

Los ojos no me servían sino para mirar. Hoy todo lo digo con los ojos y lo que ayer comprendía con la mente y el pensamiento hoy lo hago con mis ojos. El desconcierto, la pena, la fatiga, el desamor, el furor se convierten en miradas que distanciándose de otras miradas las destacan y me enseñan lo que debo aprender. Los ojos subrayan todo acontecer y los libros son ahora el blanco, y el blanco lo envuelve todo, menos los ojos. Con ellos veo el peligro y los desechos, siempre atentos. Ellos generan el pensar que ya no tendrá pensamiento y lo que mis ojos no reparen no existe, no me detengo en nada que no detecten mis propios ojos, no deben desviarse mis ojos, carezco de todo otro lenguaje, el único es el que ven y miran mis ojos.

Son ellos mi nuevo lenguaje. Desde hoy, mis ojos hablarán por mí.

Y es con esos ojos que contaré esta historia.

Al principio fue el ensueño, la equívoca ilusión de que el sólo hecho de poder comprender haría que la expresión volviese.

No fue así.

Y como mi vida cotidiana pasó a ser largas horas, eternas horas, horas muertas frente a mí, la memoria vino a acompañarme.

Algunos confunden el lenguaje con la memoria. Si ésta hubiese también partido, claro, sería otra la soledad. Pero sucede lo inverso: nunca usé la memoria como ahora. En ausencia de otros bienes, ella se agiganta.

Y la memoria juguetea conmigo, me lleva lejos, muy lejos o me remite al ayer inmediato. Cuando hablo del ayer, hablo de entonces, cuando aún no estaba presa en la vida, cuando aún no me sumergía en esta blanca mutilación.

Ese último sábado en el campo, esa mañana, nos tendimos las tres al sol. El pasto –un poco fresco por el rocío de las primeras horas– nos obligó a sacar los chales de la abuela, todos escoceses con sus flecos ajados, y los parlantes con su sonido amplificado hacia el jardín eran la imagen exacta del bienestar. Libres y compañeras, cualquier duda la despejaba ese aire diáfano. Yo no pensaba: soy la más tonta, Sofía me mira en menos, Victoria no perdona mi frivolidad, no, ninguna inseguridad que no cubriera el afecto. Las miré contenta, por última vez como ser vivo –pero por cierto eso yo aún no lo sabía– y amé esas matas enormes de pelo tan negro de Victoria confundiéndose entre el pasto y el escocés, y la calidez del castaño de Sofía. Cómplices. Sofía, la pieza clave que rompía la asimetría entre Victoria y yo, limándola. Ella siempre nexo, todo nexo de todo con todos.

–¡Qué placer! –suspiró, luego me miró recelosa–. Dime, Blanca, a pesar de todo lo que te ha pasado, ¿podrías negar lo bueno de este momento?

–No, no lo niego.

–Tampoco yo –dijo Victoria– y putas que me han pasado cosas a mí.

Y cuando la música llegó con esas danzas húngaras del Renacimiento tardío, las tres cerramos los ojos.

Yo soñaba que todas soñábamos.

En esas danzas húngaras había algo de niñez. O de ese delicioso delirio de sentirse allí otra vez. Soñé que mamá me lavaba el cabello. Siempre lo hacían las nanas, pero cuando alguna rara vez sucedía, sus manos no dolían en la nuca, no, eran una caricia las manos de mamá. Me daba dos baños de champú y cuando había escurrido cuidadosamente el agua de mi pelo, me hacía un enjuague de manzanilla para que no se me fuera a oscurecer. Tú sabes, Blanca, que por alguna extraña razón en este país los pelos rubios no se conservan, todas las rubias se oscurecen al crecer, dicen que es el agua de Chile, pero esta manzanilla te ayudará a mantenerlo. Hablaba sola mientras mi cabeza metida dentro del lavatorio no me daba respiro ni podía abrir la boca para no tragar la espuma. Luego me desenredaba y me peinaba, única vez que no dolía, porque nadie tenía su suavidad. Me gusta peinar tu pelo rubio, me decía. ¿Por qué no se te oscureció a ti, si también eres chilena?, le preguntaba yo y ella se reía. Las tinturas, mi amor, las tinturas son mágicas, uno decide con ellas lo que quiere ser, desde morena rutilante, colorina loca o rubia espléndida. Y seguía peinándome y yo olía su cuerpo cercano, ese olor que me persiguió siempre. ¿Qué perfume sería? Nunca le pregunté, tenía tantas botellas diferentes en su tocador; sin embargo, el olor era siempre el mismo y yo soñaba con ese olor cerquita cuando llegaba tarde de las comidas y entraba a mi pieza a taparme y me besaba creyendo que yo dormía. (Y un día, me acuerdo, ya mayor, el olor me traicionó cuando mis hermanos me pidieron que hiciera de apoderada de lista en la última elección que hubo antes de los militares. Me tocó pasar el día entero con mujeres, todas señoras mayores que también hacían de apoderadas de sus partidos. Yo iba con claras instrucciones de odiar a las otras, pero al acercárseme una de ellas -mi potencial enemiga- reconocí el olor de mi madre. Y mis veinte años, o algo así tendría yo entonces, se diluyeron y la infancia se me instaló. Me senté a su lado y quise reposar en ella, olvidé mi postura de joven de derecha y le convidé de mi almuerzo, de mi risa, de algo de culpa a la hora de los cómputos cuando gané y de toda mi capacidad de olfato a esta señora que me deshizo con el olor de mi madre.)

Y Victoria, con los ojos cerrados, debe haber soñado con la suya. Quizás soñaba con su padre, ese Bernardo oscuro y fornido que mostraban las fotografías, con sus bigotes gruesos y su pelo negro tan cerca de las cejas y que jugaba con su hija. Si tú eres mágico, papá, ¿qué magia me harás hoy día? Te haré desaparecer. ¿Cómo? Entonces él le hablaba al aire, abracadabra pata de cabra, y alzaba las manos moviendo cada coyuntura de los dedos como si de ellos emanaran imperceptibles efluvios y con voz de mago todopoderoso decía: a partir de este momento, Victoria será invisible. Acto seguido preguntaba, ¿y dónde está Victoria? ¡Desapareció Victoria! Ella corría alrededor de la pieza gritando, ¡aquí estoy, aquí estoy!, pero los demás simulaban no verla. Contenta giraba por la casa, ¡no existo, no existo!, pensando gustosa en las maldades que haría ahora que nadie la veía. Cuando la vencía el aburrimiento se arrimaba a los pies de su papá y tomándose de sus pantalones le decía, llegué, papá, llegué. Si éste no le respondía, se subía a sus piernas y le decía al oído, hazme aparecer, quiero estar contigo. Y él, con su magia total, la traía de vuelta a la vida. Una noche, Victoria, muy preocupada, lo llamó a su habitación y desde el calor de sus sábanas le dijo casi susurrando, papá, ¿qué pasa si alguna vez se te olvida que me has hecho invisible y quedo desaparecida para siempre? No, mi niña, no temas, no se me olvidará. Y si de repente algo te pasa, si debes irte en ese momento o si alguien te hace desaparecer a ti, ¿qué me pasará? Tu papá es un mago, nada te puede suceder. Y si así fuera, mi magia te traería de vuelta. Pero descuida, chiquitita, yo siempre estaré.

Y Sofía sueña, ¿qué sueña Sofía?

Sueña con su bicicleta amarilla, regalo de sus doce años. Sueña con la velocidad de ese amarillo brillante, cuando era la bicicleta más bonita del barrio, la mejor. Cuando gracias a ella consiguió que su vecino, ese chiquillo de ojos alertas, le dirigiera la palabra y la tomara en cuenta. Primero le prestó la bicicleta, luego lo invitó a su casa a escuchar el programa Fono Club en la radio a las cinco de la tarde, Paul Anka y Neil Sedaka, y Sofía miraba la hora y se las arreglaba para estar delante de su mesa de trabajo a las siete y allí la encontraba su madre, ya con los soquetes vueltos a poner y las medias nylon escondidas en el cajón. Su madre entraba con el uniforme blanco siempre colgando bajo el brazo, siempre un poco cansada y siempre confiando en que todo lo que Sofía hiciera estaba bien. Entonces Sofía sueña con los primeros besos del muchacho de los ojos alertas y en las baldosas rojas del suelo del pasaje que enfrentaba cada uno desde la puerta de su propia casa cada mañana, y en cómo esas baldosas no ayudaron a amortiguar los pasos cuando se pasaron a escondidas uno a la casa del otro. Y todo gracias a la bicicleta amarilla.

De la noche a la mañana me he transformado en el gran estorbo. No saben qué hacer conmigo, cómo tratarme, cómo hablarme. Cuando la angustia respira como una criatura viva, nadie quiere oírla. Eso sí, pasé a ser miel sobre hojuelas para los ociosos y para los espíritus caritativos, los que aman la caridad *per se*. Los síntomas físicos –¿o los aparentes debiera decir?– han desaparecido. Ya mi labio superior, sin su asquerosa curva, ha vuelto a su lugar. La kinesióloga ha rehabilitado mi mano y mi pierna derecha que nunca tuvieron nada, apenas una confusión en sus movimientos. Mantienen cierta debilidad, nada importante. Entonces, la familia en pleno contrató, como afirman ellos, al mejor fonoaudiólogo del país.

Mi tarea de ahora en adelante es aprender a hablar. Volver a aprender. Y quizás a leer y a escribir, pero sobre eso hay menos ilusiones.

Aunque en mi interior comienza a engendrarse una violencia totalmente desconocida para mí, cumplo con sencillez los actos ordinarios de cada día. Me levanto sola, lo hago tarde, por nada quisiera que me cundiera el día, ambición tan recurrente en otros tiempos. Me baño y me visto sin ayuda alguna. Me siento en el sillón blanco del living con sus manchas y sus recuerdos y miro la luz. La única ilusión del día es sentir el timbre y los frenos del bus cuando Trinidad llega del jardín infantil. La abrazo largo, sólo ella me habla en el mismo modo que lo hacía antes. No le importa –o no necesita– recibir respuesta. Mi Trinidad y yo hablamos en otro lenguaje, ése del puro amor. Me paseo por la casa, por el jardín, reviso las plantas, duermo siesta –nunca tengo sueño sino a esa hora–, la noche la hacen los calmantes. Tomo diversos remedios a diversas horas. Honoria es quien sabe los horarios y me persigue con ellos. Los tomo dócilmente, no tengo idea para lo que son . Casi todo lo hago dócilmente. Me escondieron la licencia para conducir. No necesitaban, soy obediente. Bastaba con decirme que una cosa más se había terminado.

Las horas cuelgan por mis brazos y por las puertas y las ventanas.

Está la televisión, que siempre he detestado, y las visitas, que detesto aún más. Tienen una inclinación a hablarme fuerte, como si el hecho de no responder implicase sordera. Me hablan fuerte y compulsivamente, no resisten la respuesta del silencio mío. Me hablan con tonos falsamente entusiastas, como si quisieran convencerme de que la vida sigue igual. Tratan de venir acompañadas, así se les hace más llevadero. Se preguntan y se contestan entre ellas. Pero lo más repulsivo es cuando los tonos se vuelven infantiles, como si mi condición fuera la del retroceso a la infancia o directamente a la oligofrenia. Nunca toleré antes la imbecilidad del *baby talk*, nunca le hablé a una guagua en lenguaje supuestamente de guagua, ni siquiera a las mías, cosa que espero que en sus subconscientes agradezcan. Me resultaba un suplicio entonces, cuando yo era normal, esto de visitar a mis amigas recien paridas o con niños chicos y escucharlas, ver cómo se transformaban en unas estúpidas baboseando palabras inexistentes, con pronunciaciones definitivamente desagradables y acústicamente perversas. Hoy debo resistir que me hablen así a *mí*. Nos tratan igual a Trinidad y a mí. Las dos niñas de la casa. Y estoy obligada a escucharlo todo, no puedo siquiera interrumpir, no tengo siquiera opción.

Me duele la cabeza permanentemente. Todo me irrita. Me agredo y me agredo. El no hablar hace que las sensaciones, cada una de ellas, se vayan para adentro. ¿Cómo explicar la tensión que esto produce? Siempre estoy llena, yo, llena de todo lo que veo, de lo que pienso, de mí misma.

Alguien describió mi estado actual como una vida en tono menor. No es eso. La estridencia de la nada -esta nada- lleva definitivamente a tonos mayores.

Me proponen trabajos manuales de distintos tipos, para que me distraiga, para que use mi energía, para que mate mi tiempo. Soy torpe con las manos. Probablemente termine bordando o algo de esa índole. Tejer no puedo, se me confunden las cuentas de los puntos.

Tuve la mala educación de ser atraída sólo por cosas de la mente.

Vivo en la reflexión permanente. Muchos gestos mecánicos -que antes fueron mecánicos- deben ahora reflexionarse. Eso me cansa. Nunca antes se me ocurrió que la ausencia de mecanicidad podría producir tanto cansancio y que la reflexión sobre lo que no se reflexionaba pudiese resultar tan extenuante.

La bulla aumenta mi irritación. La bulla interfiere los pensamientos, no deben caminar juntos en mí. No puedo pensar sino en silencio. Una cosa o la otra. O la bulla o el pensamiento.

Y la furia. Y yo que era tan suave. Llega, me toma, me palpita el corazón, me tiemblan las manos. Me ofusco, ofuscación por cualquier cosa, más aún si me pilla desprevenida. La furia me acomete cuando, olvidando lo que ha pasado, creo que puedo actuar como antes. Entonces mi cerebro se preocupa de recordármelo. La furia.

Yo no conocí esa palabra antes.

Me han traído al fonoaudiólogo. Me advierte que tengo un año para mejorarme, que la curva de mejoría en estos casos -raros, por cierto- se detiene a los doce meses, así de preciso. Me lo repite: si no avanzo, será éste el estado en que permaneceré. Una carrera contra el tiempo, cada día de los doce meses son cruciales, debo ganarle al tiempo y mejorar, mejorar todo lo posible, llegar a esa mínima meta: la de poder comunicarme. No es que este pobre señor me mienta y me diga que me curaré, no. ¿Pero doce meses? ¿Quién dijo que me importa el mañana? ¿Quién dijo que estaré viva en doce meses? O dicho con exactitud, ¿quién dijo que me importaría estar viva en doce meses más? ¿Y quién se ha arrogado el poder de decidirlo por mí? ¿Me ha hecho alguien la pregunta?

¿Le habrán explicado al fonoaudiólogo que me puede venir otro ataque de un minuto a otro y que toda su planificada curva de mejoría se haría pedazos? ¿Que es esa la amenaza real que pende de mi cuello?

Es un hombre joven, menor que yo. De él se desprende una seriedad a toda prueba, la diversión no parece ser parte de su oficio. Usa trajes oscuros, casi siempre es el mismo, uno café. Brilla un poco. Bajo la chaqueta, un chaleco gris abotonado. Más bien estrecho el chaleco.

Su cara, casi lampiña, es rosada. Y pálida como la cera los días de más frío. Sus manos parecen las de una mujer, cortas, finas, de uñas bien recortadas. Su olor a *after-shaving* es el mismo que he olido mil veces en mil lugares. Pulcro él. Pienso sorprendida que habrá mujeres que se enamoran de hombres así. Como dice Honoria, a nadie le falta Dios. Me humilla cuando abre su maletín y saca cartones con signos y figuras enormes, como casas o manzanas. Me pregunta si distingo lo que son. ¿Me creerá estúpida? Me dan ganas de llamar a mi hija para que le enseñe a ella, que aún nada sabe. Dudo que yo aprenda algo. Tampoco me muero de ganas de aprender, de re-aprender. De partir de cero.

Vivo en la melancolía de la expresión más virginal, como si se pudiese volver a partir.

–Sus propios pensamientos le hicieron volar la cabeza a la señora –fue el diagnóstico de Honoria. Sofía se ríe y yo también.

Honoria tiene toda la razón.

El éxito era el mandato principal de la familia. Y en eso estaba yo, tratando de cumplirlo con toda naturalidad, cuando conocí a Victoria y se me empezó a trastornar la vida.

Fue todo tan simple.

Mi título de profesora estaba guardado en el cajón de la antigua cómoda de caoba, regalo de matrimonio de mi abuela. La pelusa de polvo que cubría ese cartón universitario lo decía todo. No lo necesitaba para ganarme la vida ni para acreditarme ante nadie. ¿Sabes cuántos títulos igual a ese hay en el país, sabes lo poco que vale?, preguntaba Juan Luis irónico, olvidando, parece, la responsabilidad que le cabía en su adquisición. De todos modos, los trabajos que yo hacía eran todos ligados a la beneficencia, nunca fueron remunerados. En mi familia los hombres eran todos solventes y sus esposas no debían inquietarse con el tema.

Para ser precisa, toda esta historia empezó por Sofía.

Sofía había tocado lo que durante años más amé: mi hermano Alfonso. Era mi cuñada favorita y fue ella quien llegó a pedir ayuda. Necesitaba sacar adelante a un niño de diez años que padecía problemas de aprendizaje. La familia del chico no tenía medios para pagar ayuda especializada.

¿Y quién es este niño?

–Es hijo de una amiga mía, ex paciente –Sofía era sicóloga–. Me interesa especialmente su caso, por eso me atrevo a molestarte.

Como era mi hábito, accedí. La palabra *no* era casi inexistente en mi vocabulario. Programamos la primera cita. Sofía me entregó la hora, el día y la dirección. Un poco más de un año ha corrido desde aquella tarde.

Sofía fue -hasta entonces- lo único raro acontecido entre nosotros. Nadie se casaba dos veces. De hecho, cuando Alfonso se separó de su primera mujer, fue como si la tragedia se hubiese colado bajo las puertas. Como en la familia no se conocía aún esta palabra -tragedia- se la asignamos a tal hecho cuando se gestó.

-¡Qué cojones tiene! -fue, en privado, el comentario de Juan Luis.

Es que mis hermanos y yo nos habíamos casado para toda la vida, como lo hicieron nuestros padres y nuestros abuelos. Y un día, en esos largos almuerzos de los domingos donde nos reuníamos todos, Alfonso avisó, mientras tomábamos el pisco sour, que se había separado. Debe haber sido el primer domingo que, sin razones evidentes como viaje o enfermedad, Luz no asistió.

Que fue un golpe la separación de Alfonso, lo fue y por mucho tiempo un tema tabú. Ningún miembro de la familia lo hablaba en voz alta, aunque cada pareja, ya en el silencio de sus dormitorios, lo hubiese analizado y comentado mil veces. Peor lo tomaron mis tres cuñadas que mi hermana Pía y yo, seguro que temieron que se sentase un precedente. Pero con el tiempo se tranquilizaron: nadie más se separó. Ellas no contaban con lo que aún habría de venir. Se tomó como una locura de Alfonso y la frase cliché, que nunca falta en estos conglomerados humanos, fue que Alfonso era distinto, que siempre había sido distinto.

Mi debilidad por él nunca fue disimulada. Nuestra cercanía se creó en la infancia, sólo por casualidad, porque uno nació inmediatamente después del otro. Cuando Alfonso entró a estudiar Medicina, juré seguirlo. Lo hice pero no prosperó, aunque eso es harina de otro costal. Hoy es ginecólogo y una de las razones que lo inspiró a especializarse en problemas de esterilidad fue mi útero bicórneo, que tantos problemas me causó y que me hizo parir con grandes dificultades sólo dos hijos y no diez como hubiese querido. Fue cuando él aún estaba en el internado que decidió casarse con Luz, novia reciente, compañera de curso mío en el colegio. Recuerdo bien el día que Alfonso me comentó: de puro caliente, Blanca, sólo por eso me casé, me moría por acostarme con ella y no había otra forma de hacerlo sino casándose. Si me hubiese dado la oportunidad de desahogarme a tiempo, habría tenido las antenas más despejadas. Y también recuerdo que al oírlo me perturbé: no estaba habituada a hablar de sexo con nadie, menos con mis hermanos.

Dice haber convivido con Luz en una rutina intrascendente y poco divertida –la que vive casi toda la humanidad, acota Sofía– y que le resultó superior a su resistencia. Los clichés siempre tienen un fondo de verdad: Alfonso era distinto. No creo que su matrimonio difiriese mucho del resto de los de la familia, pero él no lo aguantó y lo rompió.

A pesar de lo unidos que éramos, ninguno logró saber cuáles fueron sus pasos durante los años siguientes. Nos llegaba todo tipo de rumores desde la vasta vida social que acumulábamos entre todos. No le faltaron mujeres a Alfonso. Mamá decía sin pudores lo buen partido que era y yo pensaba que su ternura debía enamorar a cualquiera. Pero ninguna de ellas fue llevada a la casa materna a almorzar un día domingo.

Hasta que apareció Sofía.

No era lo que la familia esperaba ni respondía al molde de las mujeres que la formábamos.

Sofía usaba colonias de hombres y no había filtro entre su pensamiento y su palabra. Le gustaba la ropa de *patchwork*, los cuadros de su living eran de Samy Benmayor antes que se hiciera famoso e incitaba a sus pacientes a leer a Fuguet. Se tomaba la profesión en serio y las formas bastante en broma. Trabajaba en un hospital –donde conoció a Alfonso–, además de su consulta. Cosa rara para mí: se ganaba la vida y no necesitaba el dinero de Alfonso. Era mayor que él, opinaba de política en la mesa sin comulgar precisamente con nuestras ideas, y más encima cargaba con «uno de estos apellidos modernos», como recalcó mamá. Una *self-made woman*. Sencillamente no tenía nada que ver con ninguna de nosotras. Esto indignó a Luz y, vengativa, se negó terminantemente a firmar la nulidad, a pesar de la suculenta pensión que recibía de Alfonso. Sofía estaba a favor de una ley de divorcio y opinando que la nulidad era una perversidad jurídica y que se cagaba en ella -esas fueron sus palabras-, ante nuestro estupor, se fue a vivir con Alfonso sin firmar contrato alguno.

¿Quien, entonces, sino Sofía tendría jamás la posibilidad de presentarme a alguien como Victoria?

Esa tarde toqué el timbre a las cinco en punto, como le prometiera a Sofía. Unos grandes ojos oscuros me succionaron en el umbral de la puerta.

–¿Tú eres Blanca?

Me hizo gracia ese tú, como si no mediaran casi treinta años entre él y yo. Mis hijos trataban de usted a los mayores y les decían tío o tía, los conociesen o no, nunca los nombres de pila.

Era una casa de madera, chica y pareada, en un pasaje con muchas iguales al final de la Avenida Grecia. Desde la puerta ingresé directamente a un especie de living-comedor. Al fondo se divisaba la cocina con su puerta abierta. Había un cierto olor a comida en el aire. Mis pies echaron de menos una alfombra en el contacto con el helado piso de flexit. Me arrimé automáticamente a la estufa de parafina.

–¿Quién más está en la casa?

–Nadie.

–¿Cómo? ¿Estás sólo?

–Sí –respondió el niño con naturalidad.

–¿Y tu mamá?

–Está trabajando, vuelve como a las siete.

–¿Y quién te cuida?

–Ella.

No pregunté más. Nos instalamos en la mesa del comedor. Bernardo acarreó su bolsón, sacando libros y cuadernos. Conmovedor fue su silencio mientras yo revisaba su trabajo, tratando de hacer una especie de diagnóstico.

–¿Por qué tienes un chupete en el bolso?

Me sorprendí. Había dejado la cartera abierta, como siempre, al sacar mi lapicera y asomaba un ridículo dulce rosado.

–Es para mi hija.

–¿Cómo se llama?

–Trinidad.

–Qué raro el nombre. No tengo ninguna compañera en la escuela que se llame así.

Seguí mirando los cuadernos. Él volvió a interrumpirme.

–¿Dónde haces clases?

–En ninguna parte.

El sorprendido fue él.

–¿No eres profesora?

–Sí, pero no hago clases.

–Entonces, ¿no trabajas?

Titubié. ¿Cuál era la respuesta correcta? Me había agrupado con algunas amigas en torno a mi parroquia y trabajábamos en las poblaciones, armando talleres para enseñarle a sus mujeres a ganarse la vida. Mis estudios de pedagogía me resultaban un apoyo y me gustaban los talleres, pareciéndome irrelevante ganar o no un sueldo por ello.

–En realidad, no trabajo como otras mujeres lo hacen. Quiero decir que no tengo horarios ni obligaciones diarias. Pero sí hago muchas cosas.

–Pero tienes tiempo libre si estás aquí a esta hora.

(Sofía, la única mujer de la familia que trabajaba en serio, vivía con mucha culpa el abandono que hacía de su casa. Al final, yo estaba fuera de ella tanto como Sofía de la suya, pero el que mi quehacer no fuese remunerado le quitaba ese ingrediente a mi ausencia. Era el sólo hecho de no ser pagada lo que me evitaba la culpa.) Logré hacerme una idea de la situación del niño, doliéndome el abismo percibido entre él y los que me rodeaban.

–Partiremos con tu escritura... –no dije en voz alta que parecía la de un niño de seis– ¿Qué materia te resulta más difícil?

–Todas.

–¿No estudias?

–No, me carga. Prefiero jugar a la pelota con los cabros del pasaje.

–De acuerdo –reí–, a todos les pasa lo mismo. ¿Cómo te fue el año pasado?

–Pasé de curso. Dice el profe que este año no paso si sigo así.

–¿Y por qué el año pasado sí y éste no?

Miró distraído a su alrededor.

–No sé –había divisado un autito cerca de la cocina y se paró a recogerlo, instalándose en el suelo a jugar con él. Al cabo de un rato lo llamé.

–Te propongo que durante un mes nos juntemos tres veces por semana y estudiemos. Te enseñaré a estudiar para que no sea tan aburrido. Los días que yo no venga tú harás lo que te deje indicado. Veremos cómo nos va. Más adelante podremos tener sólo una clase por semana, hasta que suban tus notas. Y no repetirás el año, ¿de acuerdo?

–Sí.

–Es bonito tu nombre, Bernardo –le sonreí al ver sus ojos tan serios.

–Me pusieron así por mi abuelo.

–¿Está vivo? –No sé. –¿Cómo? –lo miré extrañada, ésa no era respuesta.

–Desapareció.

–¿Hace cuánto tiempo?

–Hace como quince años, dice mi mamá.

¿Y se fue, así... de un día para otro?

–No sé.

–Pero en todos estos años, ¿cómo no han logrado saber si vive o no? –mi voz era de incredulidad y de cierta exasperación.

–Mi mamá dice que ahora lo van a saber, con la comisión.

No entendí de qué hablaba y mi cara lo habrá demostrado, pues parecieron darse vuelta los papeles, dirigiéndose a mí como si el adulto fuese él.

–A mi abuelo lo tomaron preso...

–¡Ah! Perdón... –entonces comprendí y un cierto escalofrío me recorrió. Puchas, pensé, por qué no me lo advirtió Sofía...

Bernardo me miraba con un dejo de desafío y algo parecido a la ternura se me deslizó por el cuerpo.

–Tú no lo conociste, entonces...

–No, sólo he visto su foto. Mi mamá y la abuelita la tienen en grande y van al centro con ella.

Cuando el temor empezó a instalarse en mí, pensando, Dios mío, dónde me he metido, recordé que había llegado la democracia y decidí ignorar el tema.

–Ven, te lo mostraré –el niño me tomó de la mano–. A mi abuelo.

Me llevó a la habitación de su madre. Los dormitorios de la gente son un código básico para mí, descifrar a las personas mirando sus dormitorios era una misma cosa, pero nada alcancé a observar. Bernardo me mostraba un impreso, una especie de afiche, con la cara de un hombre. Era un adulto joven. La oscuridad de su piel, los bigotes y el pelo que nacía temprano en la frente me envolvieron antes que su mirada suave. Pero fue la frase escrita al pie de la foto, con un lápiz a pasta azul y una letra ancha y redonda, la que giró y giró más tarde sobre mí: «Y en cada lirio que tus ojos miren y en cada trino, cantaré tu nombre».

Borré de mi cabeza los versos de Oscar Castro y omití –por alguna razón no consciente– ese dato cuando en la noche le contaba a Juan Luis.

–¡Tú estás loca, Blanca! ¿Cómo tomas esos compromisos? Además, tienes que cruzar la ciudad entera para eso.

–Ay, Juan Luis, en esta ciudad importa el tráfico, no las distancias...

Comíamos en el comedor de nuestra casa, la misma casa donde hoy busco la luz de la mañana para mis recuerdos.

–No me gustan esos barrios, pueden ser peligrosos. ¿Sabes que a pocas cuadras comienza Lo Hermida?

–No conozco Lo Hermida.

–¡Cómo la vas a conocer! Es un lugar espantoso, lleno de delincuentes.

-Pero este chiquillo no vive en Lo Hermida... -mi reclamo sonó débil.

-Y gratis, más encima -comenta Juan Luis mientras desmenuza su lenguado a la plancha (todo a la plancha, todo magro, ni una gota de grasa en esta casa).

-Nunca te ha importado que sea gratis mi trabajo en la parroquia.

-Es muy distinto, eso está a diez minutos de tu casa, estás con tus amigas, hacen una obra de verdadera caridad, y más encima es un trabajo conocido. Por lo menos se lucen. Piensa sólo en la bencina que gastarás este mes...

-El niño va mal. Me dio pena ver sus cuadernos...

-Ese no es *tu* problema, Blanca.

-Se lo prometí a Sofía -y agregué cariñosa, rozándole la mano-. Trata de convencerme que los problemas ajenos no son míos... toda mi existencia habría sido otra.

-Bueno, allá tú. Pero trata de no dejar muy solos a tus hijos -me recomendó.

-Gracias a Dios ellos no tienen problemas. ¿Viste, a propósito, las notas de Jorge Ignacio?

Así cambié el tema y él se dejó seducir por los éxitos de su primogénito. Era, sin lugar a dudas, una de sus ideas fijas.

Al siguiente domingo, en el almuerzo familiar, me introduje en medio de una conversación a la hora del aperitivo.

-Es peligroso lo que hacen -le decía Felipe, mi hermano mayor, a Sofía-. Creo que lo que nos conviene a todos, gobierno y oposición, es no escarbar más en el asunto.

-No se puede dar vuelta la hoja así no más... Debemos saber la verdad y dejarla establecida como tal.

-No tenemos futuro posible como país si cerramos los ojos al pasado -opinó Alfonso, apoyando la postura de Sofía-. Debemos destaparlo, y ojalá ordenarlo después.

–¿De qué hablan? –pregunté semi distraída, mientras se me helaba la mano con el vaso de Campari.

–De la Comisión.

–¿Cuál Comisión?

–La de Verdad y Reconciliación.

Debo reconocer que yo leía los diarios más para tener tema en mi vida social que para estar verdaderamente enterada. Esto no lo digo con culpa. Era así. Me acuerdo que me retiraba del grupo a ayudar a mamá con los canapés cuando escuché la palabra «detenidos desaparecidos». Volví atrás. Tomé el brazo de Felipe –el parlamentario de la familia– y le pregunté.

–¿Existen de verdad los detenidos desaparecidos?

–Está por verse...

–Es todo un invento de la izquierda –terció mi otro hermano, Arturo–. Acuérdense de los maridos que se arrancaban de las casas porque no querían más con sus mujeres, y los encontraban después en Argentina... Ellos figuraban en las listas de desaparecidos.

–Sí, existen –dijo Sofía, en un tono que no dio lugar a réplica.

–Ahora lo veremos. Ojalá que la Comisión sea objetiva y nos diga la firme –acotó Felipe.

–No tendría por qué no serlo, dadas las personas que la componen –dijo Alfonso.

Sofía me miró. Y yo me arranqué de esa mirada.

Esa noche, ya con la luz apagada, le tomé una mano a Juan Luis y le pregunté bajito.

–¿Existen los detenidos desaparecidos?

–No sé, Blanca. He tratado de pensar todos estos años que no existían. Pero ya viste lo de Pisagua, esos cadáveres que encontraron... Lo vimos con nuestros propios ojos en la televisión. No sé qué pensar... no quisiera que todo eso fuera cierto...

–Pero no seas vago, Juan Luis. Tú siempre me das certezas.

–Cuando las tengo, Blanca, cuando las tengo.

Y me dormí.

Las clases con Bernardo avanzaron. Iba y venía de Avenida Grecia con familiaridad. El niño y yo siempre solos. Sin teléfono, nadie interrumpía, nadie llegaba. Conversábamos un rato cuando a mitad de la sesión le daba un pequeño recreo y le entregaba invariablemente un chocolate. Eran esos los momentos en que adquiría algo de información, siempre curiosa yo por la madre de este mocoso, de cómo sería, de por qué Sofía la privilegiaba en su corazón.

Y ese día fue diferente.

–¿Por qué estás tan cansado hoy día?

–Porque me acosté tarde ayer.

–Los niños deben dormirse temprano cuando van al colegio –yo repetía automáticamente las letanías de mi madre, de su madre y de la madre de ésta.

–Es que me fui donde la abuelita. Mi mamá llegó tarde y dormí allá. Lo paso súper donde la abuela. La casa está siempre llena de gente y hay cosas ricas para comer. Además, ella tiene tele.

Y ese día por primera vez se abrió la puerta en medio de una sesión. Un «buenas tardes» de voz ronca me hizo girar de la silla.

Fue mi primer sentir: qué gracia la de esta mujer. El brillo de ese pelo, tan largo, tan crespo, tan negro, me dejó con la boca abierta.

–Hola, Blanca –avanzó hacia nosotros–. Éste es un pésimo día para conocerte. Tantos agradecimientos pendientes, pero vengo destruida –sin más se tiró en el sillón soltando la cartera que cayó al suelo, abriendo las piernas sin sacarse el abrigo ni la bufanda. Me desconcerté y mi ser educado se levantó de inmediato y se acercó a ella. Le besé la mejilla con un leve «es un gusto, Victoria».

Bernardo corrió a abrazar a su mamá.

–¿Qué te pasó, mami? ¿ Por qué llegas a esta hora?

–Me echaron.

–¿Del trabajo?

–Sí. Me despidieron, si lo quieres más elegante.

–Sácate el abrigo y te hare un té –le ofreció solícito el hijo, y yo pensé, no exenta de envidia, que Jorge Ignacio nunca me ha ofrecido ni un vaso de agua, mientras yo le ofrezco a él esta tierra y la otra.

Victoria se levantó y al desenfundarse de toda esa lana, me encontré –cosa que no solía sucederme– sin repertorio. Preguntar algo podría parecer intruso. No hacerlo, indiferente. La observé. Con su vestido a la vista, el largo más arriba de las rodillas, lana verde clara muy ceñida al cuerpo y un pequeño lazo de cuero acentuando la cintura como único accesorio, me pareció tan sexy, especialmente su busto sobresaliente. Automáticamente mis manos se dirigieron a mi propia planura, como si escondiéndola estuviese a salvo de cualquier comparación.

–Ven, Blanca, siéntate a mi lado. No te diré frases educadas como «estás en tu casa» o algo por el estilo. Ya la casa parece más tuya que mía –se rió y fueron muchos los dientes que aparecieron. Me gustó esa risa, me gustaría siempre en adelante esa risa. Me tomó una mano con calidez. Entonces me atreví a preguntar.

–¿Qué pasó?

–Mi jefe, un viejo huevón, me asedia permanentemente. Yo no le he parado el carro, tan agradecida estaba por tener una pega. Lo acompañé en un par de tragos por un puro problema de sobrevivencia.

–Y si fue así, ¿por qué te despidió?

–Porque me negué a salir con él esta noche. Ya lo hice ayer y otro par de veces, dejando a Bernardo solo o donde mi mamá. Aguanté a ese asqueroso, que tarde o temprano iba a querer llegar a la cama. Hoy sencillamente le dije que no. Me amenazó y lo mandé a la mierda . Conclusión, que no volviera más, eso me dijo.

Parece que palidecí.

–Fijo que nunca te ha pasado, ¿verdad? –me preguntó.

–No.

–¡Suerte la tuya! –miró hacia la cocina asegurándose de que Bernardo no la escuchaba–. Si supieras la rabia que da que un gallo viejo y hediondo crea que uno va a perder su decencia por asegurarse un sueldo a fin de mes...

Mi desconcierto me decía al oído, o ella o yo vivimos en otro mundo... nadie le habla así a una desconocida. O al menos a quien ve por primera vez. Como si me leyera el pensamiento, me dijo.

–¿Sabes? Siento que te conozco desde siempre. Será que Sofía me ha hablado tanto y su cariño por ti me ha dado la impresión de que ya estoy conectada contigo. Y está Bernardo, además.

Pero me olvidó al instante y volvió a lo anterior.

–Bueno, lo del viejo es lo de menos, no es que me haga la remilgada. Lo grave es que quedé cesante una vez más. ¿Qué crestas voy a hacer ahora?

Guardé silencio. Mi mente trabajaba compulsivamente buscando una solución. Y la sangre, como siempre que esto me sucedía, me latió rápido.

–¿Qué trabajo sabes hacer?

–Casi ninguno –su risa sonó rara.

–¿Tienes estudios? –pregunté con timidez.

–No, los interrumpí. Estuve un par de años en la universidad estudiando algo tan inútil como Castellano. Pretendía hacer la licenciatura y dedicarme a escribir. Pero se me dio vueltas la vida y se fue todo a la mierda.

–¿Y la escritura?

–Nada. Digo, nada oficial. Escribo poesía, ésa es mi debilidad. En otros tiempos soñé con ser poetisa en serio.

–¿Y en qué has trabajado estos años?

–Escribo a máquina, incluso aprendí un poco de computación. He hecho trabajos esporádicos, nada serio. Bueno, ha estado la política entremedio... No, no podría decirte que soy la súper secretaria, sería mentira.

–Veré si se me ocurre algo.

Victoria me miró entre divertida y asombrada.

–No tienes nada que ver con esto... Sólo te estoy contando, no pidiendo.

–Pero quizás pueda ayudar en algo...

–¿Ayudar? ¿Crees que no has ayudado bastante? Lo que haces por Bernardo no tiene precio. Bueno, Sofía siempre ha dicho que eres un ángel.

Llegó Bernardo con las tazas y la tetera. Yo no tomaba sino café. En mi existencia el té era sólo a las seis de la tarde con un par de tostadas. Me pareció raro esto de tomar té a cualquier hora.

–Perdón, ¿no tienes café?

Victoria se largó a reír.

–¿Café? ¿Estás loca? Es muy caro. Ya, no le hagas asco a una simple taza de té.

–¿Y qué vamos a comer, mamá, si te quedas sin sueldo? –Bernardo no parecía compungido sino discretamente preocupado. No debe ser la primera vez, pensé para mis adentros mientras me apenaba esa mirada de hombre grande que cruzaba a veces sus ojos.

–Comida hay donde tu abuela Yola, no pasarás hambre –me miró explicándome–. Mi mamá vive en este mismo pasaje.

–¿Y cómo vamos a pagar el arriendo?

–Dios proveerá, no te preocupes tú. Déjamelo a mí. Mañana pensaré. Por ahora trataré de relajarme, mi cabeza ya revienta.

Sirvió un té para mí, otro para ella, estrujando las bolsitas. Cerró los ojos y acarició su frente oscura. Bernardo y yo guardamos silencio, casi con respeto. Al abrirlos parecía imbuida de otra realidad.

–Eres tan bonita como decía mi hijo –me sonríe–. Alta y rubia, todo lo que mata por estos barrios.

Sonreí de vuelta, vagamente molesta por la simple conciencia de mí misma. Me sabía «adecuada» –ésa sería la palabra correcta– estéticamente hablando, pero me sabía más que me sentía. Me llevé la mano al pelo, característica mía cuando era observada. Llevaba ese mismo peinado desde los cinco años, clara cabellera de Príncipe Valiente, siempre bien recortada, la salvación para las lisas sin mucho pelo como yo. Los voluminosos rizos negros de esta mujer a mi lado me sometían al más total contraste. Terminé mi té con rapidez y me levanté, sintiendo la mirada de Victoria sobre mí. Y de nuevo esa risa, en la que no distingo entre la ironía y la llanura.

-Estás con cara de culpa por tu metro setenta y tu pelo rubio... No seas tonta, debieras sentirte fantástica.

A partir de ese día, Victoria estuvo en casa cada tarde que llegué para la lección.

Por supuesto esa noche le hablé -fragmentadamente- a Juan Luis.

-No pretenderás que la lleve de secretaria al banco, supongo. De partida, debe hablar inglés. Y con la pinta que la describes...

-Pero debe ser harto más culta que las modelos esas que atienden tu oficina. Después de todo, escribe poesía.

-No es mucho como currículum. En este país uno levanta una piedra y aparece un poeta. ¿Ha publicado?

-No creo.

-Patético, Blanca, patético. La poetisa inédita. Típico de las mujeres escribir poesía. Y si se meten con la novela, siempre son cortitas. Todo mínimo. Muy femenino.

-Yo no sería capaz de escribir un solo verso, Juan Luis. No la mires tan en menos.

-Tú no lo necesitas, mi vida. Tú no necesitas nada para hacerte camino. Tu naciste pavimentada.

LAS sesiones con el fonoaudiólogo. Los ruidos, aquellos malditos ruidos míos.

–D a-m as-co .

La palabra damasco. Claro que la tenía delineada en mi mente. Fueron sesiones enteras para llegar a decirla, sílaba a sílaba, con enorme dificultad. Todos los pliegues y dobleces de mi boca terminaban en una gran arruga, en una arruga gigantesca para llegar a la *da*, al *mas*, al *co*.

Cojo la palabra en mi mano y la escondo.

Cuestan tanto trabajo. Al comienzo un poco de sonido es siempre muy grueso. Procuro adelgazarlo, pero ¿cómo puedo manejar un poco de sonido, un poco de voz, un poco en la garganta, un poco en la lengua que gotea adentro de la boca, un poco de fealdad sobre el silencio?

Cada día, al irse el fonoaudiólogo, siento mi lengua tumefacta. Como si se me hubiese ahogado adentro de la boca, como si mi boca fuese una ola inmensa que la inundó. Me la imagino purpúrea e hinchada como la de un animal que ha perecido en el agua.

Igual, él llega cada día. Y siente que vamos ganando porque después de todo he dicho:

–DA -MAS -CO.

Hago un esfuerzo desmedido. Tenso mi voluntad, la estiro obstinada. Me desespero. Y los sonidos que salen de mí son gárgaras para el abismo.

Me maltrato, me re tacho, me dejo fuera.

Quedar del todo fuera, qué tentación.

Ser libre: dejar de ser persona. Dejar de ser persona: la libertad.

La tentación de vivir en los márgenes.

Mi padre me dijo un día: de la presidencia del banco a las riberas del río Mapocho. El no creía en el *interregno*, para él no había grandeza allí. Que el día que decidiera que el gesto de desnudarse cada mañana para recibir esa agua curativa ya no le hiciese sentido, el día que una ducha le resultara un gesto titánico, ese día empezaría a ser un mendigo. O la grandeza o la decadencia, que a sus ojos era grande igual, mientras fuese total. Me explicó de las etapas intermedias -cuando el derrumbe es inminente y no se le acepta, cuando se le pelea sin lograr hacerle el quite-, son ellas las verdaderamente decadentes. Un rey o un mendigo, nada de términos medios.

Recuerdo que el día que me lo dijo reí.

Hoy: mil veces una *homeless* de Manhattan que una media mujer aquí en Santiago.

Me quedo en cama cada vez más seguido. ¿Para qué levantarme? No tengo nada qué hacer, ni deseos latentes, nada. Las visitas y el fonoaudiólogo son mi única actividad, ninguna elegida por mí. Las visitas empiezan a disminuir, ya pasó de moda el tema de mi enfermedad. Además, la gente no sabe qué hacer conmigo. Algunos creen que la afasia es una especie de locura, que estoy mal de la cabeza y me temen. Otros se desesperan de hablar solos y no vuelven más.

Trini se acurruca como un gato a mis pies y le hago cariño. Paso largos momentos, los únicos de cierta gloria, tocando su cabeza rubia como la mía. Me habla y me habla en su medio idioma y no entiende mucho qué sucede: le han dicho que su madre está muda y ella me dice muda y ríe y yo río. Trini es lo único bueno de este mundo. Es raro esto de los hijos. Recuerdo haber pensado entonces, en medio de esa locura, la locura de entonces, que cuando el caos ha hecho diana en el amor -aquel amor de los hombres, con los hombres- y lo que resta de ello en uno es cansancio, inquietud y desamor, los hijos se revelan como la gran pasión. El sólo amor no supeditado en nuestro mismo corazón.

Victoria viene siempre con Sofía. Ellas me entretienen, las escucho, las observo, las escruto. Vínculo con la vida. En el caso de Victoria, vínculo que más bien duele. Los recuerdos de esa Blanca de otros tiempos a su lado son casi lacerantes. Después está Juana, mi amiga de infancia. Ella sí viene. Mis hermanos se juntan aquí en mi casa. Honoria les prepara tragos, mamá trae canapés, como si nada hubiese sucedido, sigue la vida familiar; pareciera que sólo se cambió el lugar de ubicación. Mi casa pasó a ser la casa de mi madre y todos discuten y bromean y conviven arriba mío ignorándome, olvidan pronto mi presencia. Mis cuñadas con sus caras compasivas y Pía, como hermana mayor, apoderándose de mi casa. Ella es mi vecina, compramos juntas estos sitios y juntas nos construimos estas casas y desde que me enfermé abrió una puerta por el jardín de atrás y así ambas casas -ambas de ella, al parecer pueden funcionar como una. Sofía me contó que en reunión familiar lo habían decidido, después de todo es una generosidad de parte de Pía, ya que no es fácil llevar dos casas a la vez, así evitaban traer a alguien a vivir aquí, que a mí no me habría gustado, ¿cierto? Yo me estoy poniendo mala, la enfermedad me está poniendo mala, ni siquiera soy capaz de agradecer lo que Pía está haciendo y me siento invadida y a la que menos le gusta es a Honoria, lo sospecho, entonces Pía manda a todo el mundo, da instrucciones y decide por mí. Todo eso sucede, pero cada vez menos. Hablan de cuando Blanca se mejore... y hacen planes, banalidades como viajes a Europa y cosas así, como si de verdad creyeran que todo esto es un paréntesis. Casi no escucho, cada vez más en otro mundo. De repente, cuando hay mucha luz y la casa está sola, me levanto y busco recuerdos.

Aprovechando esta soledad me deslicé lentamente hacia el escritorio de Juan Luis. Había un cajón, uno entre esos muchos del antiguo mueble donde Juan Luis depositaba todo lo que tuviese que ver conmigo, todo lo que se relacionaba con nuestra supuesta vida de enamorados, no con nuestra vida matrimonial administrativa.

Abrí ese cajón. Buscaba mi caligrafía.

Desde que éramos novios, yo le escribía a Juan Luis. Desde el principio viajó mucho y yo sentía la necesidad de colorear esas ausencias. ¿Necesidad o deber, me pregunto hoy? Partía y yo fabricaba divertidos cuadernos y en ellos le hacía cartas-diarios de vida. Diez papeles amarillos recortados de sobres de revistas, con un clip rosado en su esquina. O veinte papeles de envolver, cuadrados y grandes, corcheteados al costado. Según el largo del viaje era la longitud del block que yo inventaba. En ocasiones incluso agregaba una portada, una gruesa cartulina de color llamativo y las titulaba: «Viaje a Venecia. Abril 1983». Cuando vino el boom económico de finales de los setenta y pudimos comprarlo todo, el goce de estos blocks aumentó: las librerías eran un carnaval para este pequeño hobby.

Sagradamente, cuando Juan Luis volvía, le entregaba mis cartas, poniéndolo así al día de toda su ausencia en un lenguaje ligero y con humor: desde el primer diente de Jorge Ignacio hasta cuando subió el dólar, luego de jurar el gobierno que no lo haría, hasta de los 39 pesos le hablé. Era mi gesto de amor.

Ahora las tomo en mis manos y siento cómo se acelera mi corazón. Mi caligrafía grande, confiada y bonita. Siempre las lapiceras, nunca los lápices a pasta. Mi Sheaffer con pluma de oro, objeto amado, con tintas negras brillando en la redondez de mi escritura. Siempre negra la tinta, mi distintivo. La Sheaffer ya no me sirve. Están casi gastados sus bordes, tanto uso. Debiera tirarla. ¿Valdrá la pena guardarla para Trinidad? Falta tanto para que ella la use. Tirarla mejor. No acumular nada.

Un día compré un frasco de tinta Pelikan de color turquesa. Llené mi pluma de oro. La estrené en un cuaderno personal -ya no para Juan Luis-: «A partir de hoy, dejo el negro. Escribiré *PARA SIEMPRE* en color turquesa». Eso ocurrió dos semanas antes de. Quedó el turquesa flotando, mis ojos ven su fantasma.

Palabras turquesas.

Vuelvo a las cartas y blocks que miro sin comprender, tratando de acordarme cómo era, cuándo era esto de escribir, de que fuera natural escribir, un don tan básico, mínimo, evidente, y hoy no comprendo lo que mi propia mano dibujó, los signos que yo misma hice. Los reconozco sin entenderlos y creo que así puede comenzar la locura. *The dream was too much for you to hold.* (*Over and over I keep going over the world I knew.*)

Los blocks para Juan Luis hasta aquel día. Juan Luis volvía de Sao Paulo. Le entregué como siempre su regalo:

mis cartas. Se las llevó para leerlas. A la mañana siguiente le pregunté su opinión sobre mi pelea con mi hermano Felipe.

–¿Qué pelea? –me miró desconcertado.

–La que te conté, sobre los fondos para su campaña.

–Blanca, llegué anoche, ¿cuándo has alcanzado a contármela?

–En las cartas, Juan Luis.

–¡Ah!

–Me agradeciste el block anoche, luego de haberlo leído, ¿te acuerdas?

–Sí... –un silencio corto–, creo que no llegué a esa parte.

–Pero si te la contaba en la segunda hoja.

–No recuerdo...

Me dolió. Preparaba con tanto esmero su presentación, sus formatos, el color de los papeles, la escritura misma, las anécdotas, las inspiraciones amorosas.

La segunda vez que se repitió una escena parecida, lo comprendí. Las miraba, las agradecía y las introducía en el cajón de los recuerdos. No quise preguntarme desde cuándo no las leía o si las leyó alguna vez.

Entonces no le escribí más.

Juana se pasea excitada por mi dormitorio contándome, con un dejo de fascinación en la voz, el escándalo que ha protagonizado María Luisa, nuestra ex compañera de colegio. Era la primera del curso.

–¿Y qué hizo con todos esos sietes? Dime, Blanca, ¿de qué le sirvieron esa cantidad de sietes?

Algo me acerca a María Luisa, imperceptible, un pequeño tirón hacia ella. Se ha arrancado con el marido de su hermana, abandonando cinco hijos y dieciséis años de matrimonio.

–¿Te has fijado, Blanca, que mientras más maldita una mujer, más amada es por los hombres y más incondicionales son ellos en su estúpida reverencia? En cambio -agrega sobre el hombro, despechada- a las mujeres buenas las dan por sentado y las echan al trajín...

Me pregunto qué habría sucedido con el escándalo de María Luisa en los tiempos de mi madre. Sospecho que en la época de mi abuela sencillamente no habría podido ser. Y en los míos... perdón, ¿cuáles son los míos? Se oscurece mi imaginación.

(«Me apesté, mamá», fue la explicación de Jorge Ignacio cuando volvió sorpresivamente de las vacaciones, porque la madre de su amigo lo culpó por un dinero desaparecido . Lo miré desesperada mientras constataba que el honor ya no jugaba ningún rol. Ya no se confiaba en mi hijo sólo por ser él, como habría ocurrido en mi infancia. No se cuestionaba la decencia entonces. Sentí que no sabía lidiar con estos nuevos elementos, y repetí la frase de mi abuela, la primera vez que le exigieron mostrar el carnet de identidad: ¡Esto es una impertinencia, qué *toupee*! Me consuela el que estemos todas en las mismas. Tampoco sabe Sofía lidiar con sus propios tiempos, los nuevos. Se obsesiona con los graffitis, se enoja. «Proletarios del mundo: uníos. ¡Última llamada!». O en grandes letras amarillas: «Basta de hechos, queremos promesas». Me dice desconcertada: nos habíamos aprendido de memoria todas las respuestas y nos cambiaron las preguntas...)

-¡Ya estás distraída! -Juana me habla fuerte-. ¿Es que no te impresiona el numerito que se mandó la María Luisa?

AYER, frente a todos mis hermanos, en esos momentos en que se respira el éxito y el bienestar de esta singular familia, se me cayó el vaso que sujetaba con la mano derecha. No sé qué fue más estruendoso: el cristal contra el suelo o el silencio de todas esa miradas fijas en mi mano.

Sólo Sofía debe haber comprendido mis ojos despavoridos, pues ella soltó su vaso y éste también se hizo tiras.

–¿Qué pasa? –la voz de Felipe y el desconcierto eran una misma unidad.

–Lo que pasa es que Honoria está vieja y no lava bien la loza... –contestó Sofía con una naturalidad indesmentible–. Está toda pegajosa de jabón. ¿No será hora, Blanca, de contratar a alguien más joven que la ayude?

Todos respiraron tranquilos y limpiaron sus vasos por si acaso.

Sofía volvió a mi pieza cuando los otros partían.

–Tu mano no está bien, Blanca.

Ella era la única que nunca hacía dos observaciones a la vez, así me daba la oportunidad de responder con la cabeza una a una, sin confundirme. Negué con la rotundidad que puede un gesto.

–¿No sería bueno traer a la kinesióloga de nuevo?

Volví a negar.

–Está bien, quería que tú me lo aseguraras.

Ya en la puerta volvió la cara.

–Blanca, ¿estás segura que tu lado derecho no dejó secuelas?

Mi gesto fue, segura, Sofía, segura. Ella sonrió y partió.

Claro, Sofía no sabe que ya ha sucedido varias veces. Que recojo vidrio por vidrio, cristal por cristal, y cada pedazo, aunque me rompa los dedos, queda en el fondo del cubo de la basura. No quiero más tratamientos. Sofía tampoco sabe que cada día como menos, no sabe que suelo morderme la lengua al comer, siempre en el lado derecho, aquel que me dio ese horrible gesto en el labio superior, ése del que ella fue testigo. Me muerdo porque se me duerme, o si no se me duerme, algo sucede que no la siento a tiempo y me duele mucho y me asusta el mascar por si empiezo a morderme o peor aún, por si alguien comprende que empiezo a morderme.

Miro mi cuerpo perfecto. Me pregunto por dónde puede fallar este cuerpo perfecto.

Me bautizaron y exorcizaron como Blanca. Mi clave natal fue la blancura. Toda blanca. Todo en blanco hoy día. Amanezco y anochezco siempre en blanco.

El alba.

CUANDO Victoria quedó cesante, llamé a Sofía.

-Debemos hacer algo -casi le supliqué.

-Deja, Blanca. Deja que Victoria se haga cargo de sí misma.

-Pero si no tiene cómo...

-Ya discurrirá -Sofía no parecía perder la calma-. Lo que puedes hacer por ahora es invitarnos a tu casa en el campo. Llevemos a Victoria a tomar aire.

Partimos las tres solas un día sábado. Ante mi alivio, Juan Luis no estaba en la ciudad. Probablemente le habría parecido mal que fuera con ellas por mi cuenta y yo no habría tenido cara para dar explicaciones de tal índole a dos mujeres como ésas.

¿Ese día? Poco. Un par de frases de Sofía... «Blanca siempre vive en otro mundo...», «Como Blanca no trabaja...». Una cierta envidia ante la intimidad que se adivinaba entre ellas, una cierta inquietud. Mucho gozaron la casa, el lugar y la comida. ¿Sería mi tarea, en el fondo, proveer el placer pero, de alguna forma ambigua, excluirme de él? Cuando empezaron las primeras luces amarillas y azules de la tarde nos sentamos bajo el parrón -el mismo parrón maldito-. Estábamos arropadas, yo concentraba mis pupilas en los colores tierras de la ruana de Sofía. Las escuchaba tratando de participar, hablaban del nuevo gobierno. Me sorprendieron sus comentarios, tan poco generosos, como si temieran contaminarse sólo por ser partidarias de los que están en el poder. Cuando hice la observación en voz alta, Sofía me acusó de no entender los matices. Repito, yo trataba de participar, pero se me venía la voz de Juan Luis, se me venía encima sin que yo la llamase.

-¿Para qué quieres ser profesional si te casarás conmigo?

Eso me dijo Juan Luis cuando seguí a Alfonso y entré a la Escuela de Medicina. Que no tendría puntaje para entrar, dijeron todos, que era una carrera larga y sacrificada, que no sería una buena madre con una profesión tan absorbente. Que cómo cuidaría de los diez hijos que pensaba tener, si hubiese ya conocido las malas jugadas de mi útero. Podría haber sido médico, pienso bajo el parrón mientras Victoria y Sofía hablan con vitalidad de temas ajenos a mí. Igualmente entré a la Escuela. Que se entretenga un rato, le dijeron al consternado Juan Luis, nunca la terminará. Fui una buena alumna, Alfonso me ayudaba. La excelencia de la seducción, reían mis hermanos, no la académica, en esa escuela tan llena de hombres. Era insoportable para Juan Luis. Que los profesores y ayudantes fuesen hombres, que mis compañeros de curso fuesen hombres. Me marcaba los pasos, horario de clases en mano, yéndome a dejar y a buscar a la facultad. Que no ande en micro, mi amor, que hay tantos desórdenes callejeros, que hoy habrá paro de locomoción. Pía decía, qué maravilla, Blanca, cómo te protege Juan Luis, ése sí va a ser buen marido. Y él me pedía que cambiase de carrera, en nombre de su gran amor.

–¿Para qué quieres ser profesional si te casarás conmigo?

Chilena, casada, sin profesión. Y eso que me casé en los años setenta.

No quise seguir peleando. A fin de año me retiré de la Escuela de Medicina. Quizás fue mejor. ¡Tanto esfuerzo! ¿Me habría dado el cuero para seis más? Al fin y al cabo, no soy especialmente inteligente.

La cesantía de Victoria provocó cambios en mi rutina. Decidió trasladarse a vivir con su madre.

–No resisto tanta pobreza –me explicó–. Buscaré pega con calma y aprovecharé para descansar un poco. ¡Hace años que estoy exhausta!

–Y el papá de Bernardo –aventuré con cierta timidez–, ¿no aporta dinero?

–¿El papá de Bernardo? –Victoria lanzó una carcajada–. Ese maricón ni sabe que tiene un hijo. Vive en Suecia hace años. Si te he visto, no me acuerdo...

–¿Por qué se separaron?

–Entre otras cosas, porque me pegaba.

–¿Te pegaba? –no pude disimular mi horror.

–No te escandalices tanto. Eso sí que sucede hasta en las mejores familias.

–Perdón, pero...

–Mira, Blanca, no te quepa duda que pasa también a tu alrededor. La diferencia es que en tu ambiente probablemente nadie lo dice. Y entre nosotros no lo escondemos. Y si avanzamos más abajo, es casi un honor para muchas mujeres del pueblo. Es su macho el único que puede hacerles eso, una señal de propiedad...

Cambié de tema.

–Debieras casarte de nuevo, sería bueno para Bernardo...

–No es por mi gusto que estoy sola. He tenido muchos amores. ¿Te digo cuál es mi problema? Lo que las mujeres normales viven como transición, yo lo vivo como permanente.

–¿Y en qué han terminado esos amores?

–Fracasos, puros fracasos... Parece que no puedo dejar de fracasar –volvió a reír–, es un hábito en mí. ¿Sabes? Llevo quince años fantaseando que volveré a la normalidad el día en que encontremos a mi padre. ¡Fantasías, Blanca, fantasías!

Siempre que Victoria dice cosas terribles las suaviza con la risa, pero no siempre queda en mí esa risa. Tampoco entiendo de primera lo que Victoria quiere decirme. Es que a veces me habla en difícil. Y aparte de Sofía, que se ha visto obligada a explicarme las cosas, nadie más me habla en difícil.

–No creas que será fácil vivir con mi mamá. Tengo mis buenos rollos con ella –se tiende cómoda en el sofá y prende un cigarrillo. No espera que yo pregunte, supone que -de alguna forma u otra, oblicua quizás- a mí todo me interesa.

-No es que me haya dado la súper imagen femenina, la pobrecita. Todo lo lindo, lo lúdico y lo interesante estaba ligado a mi padre. Quizás yo debiera haber sido hombre. Por eso debo ser un poco castradora...

-No te entiendo bien, Victoria.

-Te daré un ejemplo. Un día volví a casa muy cagada, porque había terminado una relación con un hombre que me gustaba mucho. Mi madre me escuchó paciente y al final dio su veredicto: era estupendo que se hubiese terminado, él no me merecía. Yo la miré sorprendida, era lo último que esperaba: ese hombre era objetivamente magnífico -mucho mejor que yo, de partida- y mamá sabía que podría haber sido feliz con él. Y mientras lo denigraba, vi en sus ojos la revelación: ella odiaba a los hombres y en sus genes me lo había traspasado.

Se tomó su enorme cantidad de pelo y con paciencia exacta lo trenzó. Hablaba como si lo que decía no tuviese la más mínima importancia.

-La primera vez que el padre de Bernardo no llegó a dormir, llamé a mi mamá bastante angustiada. Me fue a acompañar. Tú dirías que una madre normal cumpliría con la función de aplacar las furias de su hija y convencerla de que no ha pasado nada. Pero no, ella no. Ella se paseaba entre la cocina y el comedor donde estaba yo, haciendo toneladas de café para mi vigilia. Me enchufaba tazas y más tazas y me repetía a través de las horas «No te calmes, hija, toma café. No te calmes». Te imaginarás en el estado en que me encontró este hombre cuando llegó, con semejante compañía.

(Ese día en el campo cuando el Ramón tomó veneno y la Clara gritaba ¿por qué me hizo esto mi Ramón, por qué me hizo esto? y su madre al lado, abrazándola, creía consolarla: era su estilo, puh, Clarita.)

-Mi abuela se lo enseñó a ella, ella a mí... Gracias a Dios no tuve una mujer... de generación en generación, estas pequeñas máquinas devoradoras de hombres... la aniquilación, fuera como fuera.

-¿No la estarás culpando más de la cuenta?

-Puede ser... En fin, dejemos ese tema para después... Pero creo que su música interna no ha cambiado... ahora puede ser la víctima oficial. Siempre lo fue de distintas maneras -se tocó el estómago con una súbita mueca de dolor.

-¿Qué te pasa?

-Nada grave, son mis úlceras.

-¿Tienes úlceras?

-Sí, desde siempre. Estoy acostumbrada a ellas.

-¿Pero por qué tienes úlceras?

-Debo tener mucha rabia.

-Te comprendo -murmuré, compungida.

-El problema es toda la que *no* saco para afuera. Esa se me transforma en amargura. Porque las rabias se van junto con las pataletas, ¿verdad? Pero la amargura queda. Y eso me causa feroces depresiones.

-¿Te deprimes muy seguido?

-Sí. Sofía dice que la depresión es la rabia que me dirijo a mí misma, dice que es la obsesión por herirme. Si lo dice ella.. -y, como siempre, rió-. La suerte de Sofía es que no conoce las depresiones. Ella cuenta que sólo se deprimió el once de septiembre de mil novecientos setenta y tres. Ese día no se levantó de la cama, pidió que no le abrieran ni siquiera las persianas, tendida a oscuras sin hablar ni comer. La única vez.

En eso pensé cuando manejaba rumbo a San Damián. En mi familia nunca nadie se deprimía. Hablé con Sofía de esto y ella lo despachó con una sola frase:

-Seguro que el control aristocrático de tu abuela controló también las depresiones. Y, entonces, éstas no pudieron ser.

La nueva casa de Victoria era parecida a la anterior. Estaba en el mismo pasaje y era igualmente chica. Donde caben dos caben cuatro, dijo la señora Yolanda, y se acomodaron. Lorena, la hermana menor, pasó su dormitorio a Victoria con Bernardo, instalándose ella con su madre. En la sala de estar se colocó el sofá cama para los alojados, el que antes convivía con Lorena. Yo nunca tengo alojados, pensé sorprendida. Aquí iban y venían muchas caras, viejas, jóvenes, masculinas, femeninas. Sentados cada uno en una cama, Bernardo y yo hacíamos las clases. Terminadas éstas, me quedaba un rato en la sala de estar donde se me incluía en el rito del mate, que llegó a gustarme mucho. La señora Yolanda era una adicta a esas yerbas y las compartía con todo el que estuviese allí a esa hora.

¡Cómo me conquistó esta señora Yolanda! Su energía acogedora, su presencia confiable, sus manos cálidas y solidarias, toda ella provocaba deseos de acurrucarse en su regazo. Me costaba mucho entender a Victoria con sus quejas una vez que la conocí. Y tampoco percibí entre ellas ningún aire conflictivo, dudando de la veracidad de las versiones de Victoria. Parece que definitivamente toda madre ajena es una estupenda madre a nuestros ojos.

–Estábamos más cómodos allá –comentaba Bernardo–, pero aquí lo pasamos mejor.

En la apiñada salita, la televisión de su abuela era un decir. Dos aparatos instalados uno sobre el otro: el primero daba la imagen, el segundo, el sonido.

Y me pillé esa noche en mi propio hogar, frente al enorme Sony de mi dormitorio, preguntándole a Juan Luis, ¿no será un poco excesivo? Él me miró distraído y no me respondió. No sé en qué mundo andaba, pero yo estaba en el de Victoria, cerrando esa tarde en mi cabeza.

Nos habíamos quedado solas en el dormitorio a la hora del recreo de Bernardo. Sentada sobre su cama, se pintaba las uñas de un rojo furioso, mientras yo reposaba. Me entretenía con las historias de un romance en ciernes del que me ponía al día. Dejó el barniz y jugó con los dedos en el aire para que se le secara la pintura.

–¿Cómo me veo en el rol de hija de familia otra vez? –dice divertida.

Tomé el frasco de Cútex.

–Deja, yo te las repaso, lo estás haciendo mal.

Victoria me entrega sus manos con docilidad y sonríe.

–Siempre vuelvo a la casa de mi madre. En lo aparente es ella quien me ayuda a mí. Pero en el fondo, yo me siento responsable de ella y no soy capaz de abandonarla. ¿Sabes, Blanca? No sé quiénes lo han pasado peor: ellas, las mujeres de los desaparecidos, o nosotros. Créeme, los hijos hemos llevado una buena carga. Si no, pregúntamelo a mí.

RECUERDO que esa tarde memorable hablábamos con Victoria sobre Lorena, su hermana menor.

–No logro establecer vínculos con ella –le explicaba yo, un poco culposa.

–Te cae mal, ¿cierto?

–No, es que es tan distante...

–Tan volada, querrás decir.

–¿Volada?

–Anda siempre en otra. En las nubes. Mucho pito, aterriza poco.

–¿Hablas de marihuana?

–Sí, dulzura –así me llamaba Victoria cuando se burlaba de mí.

–Bueno, la verdad es que no la reconozco, ni en el olor...

–¿Nunca te has fumado un pito? –la sorpresa en la voz de Victoria era total.

–Nunca –y su risa fue estertórea.

–¿De dónde saliste, Blanca? En serio, ¿de qué recóndito lugar del mundo saliste?

–Hablábamos de Lorena –tercié–, ¿por qué se marihuanea?

–Razones le sobran....

–Pobrecita... –murmuro, deseosa de atrapar lo inasible, temerosa de agobiar o indisponer a Victoria con tanta pregunta.

–Tengo algunas interpretaciones al respecto. Después de todo, ella era una guagua cuando papá desaparecio –pero de súbito su cara cambia de expresión, como si estuviese tan, tan cansada–. A lo mejor algún día te las cuento.

Algun día... Victoria se levanta de la cama y llama a Bernardo, retirándose para que continuemos la clase. Y hago un esfuerzo por concentrarme en las matemáticas: flotan los números entre las imágenes de fisgones y *voyeurs* que rondan mi fantasía.

Terminé cansada ese día y salí del dormitorio con la esperanza puesta en el mate de la señora Yolanda, eso me animaría. Por las voces supuse que estaba repleta y caminé hacia la modesta sala de estar, pensando que mi living sólo se llenaba con programación, cuando una imagen inesperada llenó mis ojos. Parpadié y volví a fijar la vista. ¿Un vikingo o un guerrero romano? Las películas de mi infancia volvieron a mis retinas.

Estaba de pie, reclinado en el vano de la puerta, un mate en su mano izquierda y un cigarrillo en la derecha. La barba era tan dorada como la cabeza y como esas manos.

También él me miró como si yo no le cuadrara allí.

-Blanca, éste es el Gringo -la excitación de Victoria era nítida, orgullosa de poder contar con ese cuerpo entre los suyos. Yo lo miraba como una tonta, mientras escuchaba a la señora Yolanda.

-Esta es la Blanquita, Gringo, nuestra hada madrina.

-La hada madrina de Bernardo -dijo Victoria.

-No sólo del niño -insistió la madre-, de todos.

También tomaba el mate la señora Rosa, una de «las viejas de la agrupación», como les decía Victoria.

-Una luz esta niñita, una verdadera luz.

Yo me ruborizaba y me pasaba la mano por la cabeza. El Gringo no me sacaba los ojos de encima.

-Hola, Blanca.

Al tender mi mano, escuché a la nieta de la señora Rosa.

-Abuelita, míralos. Se parecen a los príncipes de mis cuentos.

La segunda vez que nos encontramos fue también alrededor de la tetera hirviendo. Yo ya era parte de esas tardes. La familia contaba con mi presencia dos veces por semana, como se cuenta con lo incondicional. El rito consistía en salir de la habitación de Bernardo terminada la clase y sentarse en un piso de mimbre muy cerca de la estufa, hablando poco y escuchando . Eran mil historias las que trataba de apresar y al sentirme incapaz de hacerlo, las guardaba en el patio de atrás de mi mente, rasguñándolas y atesorándolas a la vez. Muchas veces pensaba que me estaba adentrando en algo tan distinto a mi mundo como viajar a Venus o Marte. Sin embargo, no me sentía ajena. Extraña mezcla, esquizofrénica por cierto. Agradecía en mi fuero interno los viajes y los horarios de Juan Luis. Aquí había calor y a mí siempre me gustó el calor.

Cuando ese día salí de la clase, mi piso de mimbre estaba ocupado. El Gringo, atento a mí, me hizo un espacio a su lado en el único sofá. Allí me senté, con una tremenda conciencia de esta cercanía. Como si no lo notara, él continuó hablando.

-... y al salir, no quise saber de nadie que hubiese compartido conmigo esa experiencia. Por eso no volví a ver a Victoria -se dirigía a la señora Yolanda-. Ahora he sentido necesidad de verla. Hablar con ella me calma esta rara inquietud que sólo *ahora* siento, *ahora* que he debido presentarme a la Comisión, *ahora* que la verdad se acerca.

-Mi gringo hermoso -había dicho Victoria, tomándole una mano.

La miré con admiración por esa súbita intimidad, por ser necesaria, por ser buscada como consuelo. Pero debí partir temprano, me dio rabia que fuese el cumpleaños de Pía y no poder llegar tarde al cóctel. Me pregunté si éste «ahora» del Gringo y los otros los obligaría a mantenerse cercanos.

(No los obligó, comprendí mucho más tarde.)

Me arreglé sin ganas. Me encontré frente al espejo lamentándome: en casa de Victoria nunca me verían así, elegante, toda en seda.

Pía nos recibió. Pía no besaba; tendía la mejilla para recibir besos y lo más lejos que le era posible, sin parecer ofensiva. Desdeñosa esta Pía, había dicho una vez Sofía. Se me acercó como se acercaba a todos, una mirada leve, un ligero menosprecio. Era su deporte, esa mirada rápida que seleccionaba, situándose a sí misma entre los elegidos. Como aquella vez, en una recepción donde estaban todos mis hermanos y nos fotografiaban para la sección de vida social de algún diario, cuando oí a la fotógrafa comentando, toda esta familia tiene cara de asco, miran con cara de asco. De Víctor, el marido de Pía, emanaba un encanto efusivo. Me pellizcó el traste a la entrada, tan rica mi cuñadita, mientras sonaban fuertes los palmotazos en las espaldas de Juan Luis. Y avancé por la fiesta hasta que Sofía me detuvo, acompáñame al baño, me estoy haciendo pipí.

Los dos baños grandes estaban ocupados, vamos al del escritorio, la llevé, y estaba Sofía en el excusado cuando me dijo, te noto ausente. Le contesté que lo estaba un poco, mientras jugaba con la tarjeta de crédito que encontré encima del mármol del pequeño aparador. Sofía me la quitó y en el movimiento se desprendieron restos de polvo blanco que Sofía observó y olió, mierda, dijo con rabia. La miré sorprendida. Qué te pasa, qué importa que Víctor olvide su tarjeta si a éste baño no entra nadie..., pero Sofía maldijo entre dientes, el huevón de Víctor, con razón anda tan eufórico... no entiendo, le dije, y Sofía, con impaciencia, tú nunca entiendes nada. Salimos del baño y Sofía me recordó la razón por la que quería hablarme, es que estás ausente, Blanca, ¿te pasa algo? Me siento rara, contesté, por dónde voy acarreo el mundo de Victoria a cuestas. Sofía me escrutó, y te pesa, me dijo sin preguntármelo. ¡Cómo no va a pesarme! Pero te alimenta, dijo ella y miré a mi cuñada como si recién cayese en cuenta: siento como si tuviera dos yo, Sofía, dos mundos del todo separados, no se tocan en ningun mínimo ángulo, metida hasta el cuello en cada uno de ellos, como si llevara una doble vida. Juan Luis no sabe la frecuencia de mis idas a esa casa, no sabe nada de mí allá, no sospecha del cariño que se ha ido armando. Parezco hombre, en ninguno de los dos lados hablo del otro, mi casa y esa casa, tú eres el único eslabón entre ellos. Sofía me volvió a mirar, tu otro yo, dijo riendo, total, el único yo que tenías no era demasiado excitante. Me pellizcó una mejilla cariñosa, luego se puso seria, ¿qué es lo que te atrae de ese mundo? Que es real, le contesté, que está vivo, y agregué con cierta tristeza que no pude disimular, y supongo que lo vivo duele.

Las invité a almorzar ese día, ya que raramente coincidíamos las tres en el centro a la misma hora. Entonces yo iba poco a esa parte de la ciudad, era como un turismo para mí. Esa mañana debía firmar en la notaría la escritura de una de las sociedades familiares (qué anticuados, retó Pía a mis hermanos, ¿por qué no nos cambiamos a una notaría de Providencia? y Alfonso le contestó, puchas, Pía, tratemos de mantener alguna tradición que sea) y Victoria participaría en una manifestación en la Plaza de la Constitución. Fuimos juntas a buscar a Sofía a un seminario de sicología. Pasamos frente a un grupo de trabajadores que se esmeraban en el tendido eléctrico. Uno de ellos acercó su cara a mí -muy cerca, espantándome- y me dijo en un tono del todo exento de obscenidad:

-No se enoje, señora: se ve tierna -subrayó esta última palabra.

¿Tierna? ¿Sería mi simple traje de blanca cashemira, mi corto pelo rubio o mi busto plano? Qué llamaba a la ternura de un hombre así, cuando su compañero, sacando la lengua y abriendo los ojos, le gritó a Victoria del modo más procaz.

-¡Te lo meto hasta lo tiznado...!

Victoria, con sus ondulaciones de cabellos y curvas siempre en exposición, me dice.

-Es la historia de mi vida.

-También la mía -le contesto-. Cara de pichí, me dijeron una vez los obreros de una construcción. Rucia deslavá, me gritaron unos chiquillos en una población.

Nos encontramos con Sofía y las invité al Copper Room del Hotel Carrera, dónde iba a veces con Juan Luis.

-Con la condición de que Victoria enrolle sus afiches -entre sarcástica y divertida mira Sofía los impresos que yo ya conocía, el de los rostros de los desaparecidos.

-¡Nadie nunca me ha invitado al Carrera! -exclamó Victoria revisando su atuendo. Sofía pasa a la ironía.

-¡Cágate en ellos! Supieras cómo les molesta que les robemos sus lugares...

El aperitivo fue acaparado por Victoria y su queja.

-Aunque parezca un contrasentido, se necesita más valentía para ser contestataria en democracia que en dictadura.

-Es que ahora ha pasado a ser mala educación salirse de la regla -le contesta Sofía.

-No me gusta cómo huele nuestro silencio general, huele a moribundo -la mira Victoria-, ¡ahora peor que nunca!

-Suena contradictorio -observé perpleja.

Sofía no me contesta, se habla a sí misma.

-Es rara esta transición. Yo hago leales esfuerzos por encontrarle sentido a la palabra «prudencia». Está todo patas arriba... Los comunistas, fuera de la historia, extinguiéndose. Los socialistas, acomodándose y aburguesándose. Los derechos humanos como un problema sólo de un grupo de locos antisociales o antisistema... ¡estupendo futuro! Y con la nula capacidad de movilización del oficialismo, terminará la derecha tomándose las calles...

-De hecho -agrega Victoria-, la derecha nos está robando las formas clásicas de hacer política, las que fueron de la izquierda.

-Eso es un fenómeno generalizado, Victoria, no sólo chileno. Presiento «el tiempo del menosprecio», como decía Malraux.

-Entonces yo estoy totalmente cagada. Lo urgente reemplazó demasiado tiempo lo importante... -murmura bajito-. Ya me quedé atrás...

-No es sólo tu caso, consuélate. Y si vamos más allá de la política contingente -que está bastante aburrida- la ira se agiganta. ¿Saben que hasta Paraguay aprobó la ley de divorcio? Somos los únicos del continente...

Victoria la interrumpe.

-¡Es que está cada día más cartucho este país! En ese sentido sí que estamos retrocediendo. Parece que antes todas las reivindicaciones cabían en el gran paquete de «ser oposición» y había mucho más espacio para la diversidad. Hoy, en cambio, cualquier fantasía -ni siquiera hablo de afanes libertarios- significa salirse del libreto y es leída como delito. Sólo se premia el sentido común.

Yo escuchaba en silencio. En ese momento fuimos interrumpidas por un hombre que se me acercaba. No lo reconocí de inmediato y me sorprendieron su efusividad y su cariño. En impecable traje gris cruzado, de buena marca, corbata llamativa con un toque de rojo, olor a colonia cara, pelo cortado en el largo justo y con canas sólo en las sienes, este señor me abrazó. Luego de una corta conversación y las presentaciones del caso, siguió a su mesa donde lo esperaban otros como él, despidiéndose con un típico «nos vemos».

-¿Quién es? -preguntó Victoria con ojos desmesuradamente abiertos.

-Fue pololo mío, justo anterior a Juan Luis.

-Pero, Blanca, ¡que hombre tan buenmozo!

-Sí, siempre lo fue. Y la edad no le ha venido nada mal -contesté-. Creo que me gustaba básicamente por eso.

-Es que hace tiempo que no estaba al lado de un hombre tan regio, así, de carne y hueso -insistía Victoria.

-Debe ser tonto, ¿o no? -preguntó Sofía, que tampoco sacaba su vista de la otra mesa.

-No me acuerdo -respondí mansa.

Victoria miró a Sofía, luego a mí.

-Dime, Sofía, sin ofenderte, ¿habrías logrado en tu juventud conquistar a un hombre así?

-Probablemente no. ¿De dónde lo podría haber sacado?

-Y si por cualquier razón lo hubieras conocido... ¿lo habrías podido conquistar?

¿Adónde quería llegar Victoria?

-No creo. Lo que Blanca tuvo desde siempre, yo lo obtuve más tarde a punta de puro esfuerzo. En mi juventud, todo era más bien gris a mi alrededor.

–¡Imagínate alrededor mío! –Victoria lanzó su característica carcajada–. ¿Y porqué piensas que es tonto?

–Por lo buenmozo que es.

Y porque se enamoró de mí, pensé yo, y percibí las ganas grandes, acumuladas, de obtener –en cualquier terreno– la aprobación de Sofía.

–Estás peor que los machistas clásicos, ésos que suponen que a más belleza en una mujer, más tontera.

–Alfonso también es buenmozo –corté.

–Sí, pero no detiene el tráfico como éste. Y Alfonso se enamoró de mí en la adultez.

–¿Qué tiene que ver?

–Pasó cuando lo gratis ya no contaba, se enamoró de la persona que yo forjé.

–Parece que todo lo mío es gratis –dije, casi para mí misma, sin ningún rencor.

–Eso también es un privilegio, Blanca –salió Victoria en mi defensa–, ¡yo habría dado cualquier cosa por obtener algo gratis en la vida!

–Claro que es un privilegio– contestó Sofía, un poco despectivo su tono–. ¡No te mires en menos, Blanca!

–Mentira –se le rió Victoria encima–. Tú luces tus logros como medallas de guerra.

–En todo caso, Blanca –dijo mirando por última vez a la mesa del lado y volviendo el humor a su tono, –si te llegaras a separar, no te cases de nuevo con uno de estos derechistas. ¡Son tan aburridos!

Sofía era magistral para desviar los temas cuando iban por mal camino y esto sirvió para que Victoria empezara ya con otras preguntas.

–¡Basta! No sean locas, no pretendo separarme, por nada del mundo lo haría. Además, la sola idea de presentarme en público como una separada, ¡me pone los pelos de punta!

Terminado el almuerzo, Sofía volvió a su seminario y yo fui a dejar a Victoria a su casa.

–¿Te das cuenta, Blanca, que Sofía se puso celosa?

-¿Celosa? ¡Estás loca!

-Los celos míos son tan evidentes que se anulan -comentó-. Pero Sofía no los reconoce. ¡Te apuesto a que le habría encantado un hombre así para su currículum!

Reí de buena gana.

-Absurdo, absurdo. Sofía desprecia las apariencias.

-Somos mujeres, tonta, y nos enseñaron a competir desde el día que nacimos. Ni siquiera por el poder, como a los hombres, porque ésa es una competencia abierta, brutal, pero mucho más sana. La nuestra es la pequeña competencia oscura, y los celos y la envidia son parte del bagaje. Por eso, incluso para una mujer tan íntegra como Sofía, tú puedes resultarle una afrenta.

-¿Yo? -incrédula mi voz.

-El otro día vimos en video esa película de la Bisset, *Ricas y Famosas*. ¿La viste?

-Sí.

-Pensé en ustedes dos.

-Yo como la rubia tonta, supongo. ¿No era la Candice Bergen?

-Sí.

-Pero ni Sofía ni yo somos escritoras...

-No necesitan serlo... es más sutil que eso. Todo lo aparentemente despreciable de la rubia tonta, como tú dices, es lo que la castaña inteligente envidiaba. Mírala desde esa perspectiva y verás que tengo razón.

RECUERDO tu cara cuando conté esa anécdota, ¿te acuerdas?, cuando andábamos con dos de mis amigas de farra una madrugada y nos quedamos sin plata para volver. Preocupada, dije: no podemos caminar por el centro a esta hora, ¿qué hacemos? Y mi amiga detuvo un taxi, pero si no tienes plata, le dije, no te preocupes, me contestó ella. Me subí a la parte trasera del taxi con la segunda amiga, y la primera se sentó al lado del taxista. Hicimos el recorrido en un silencio mortal y sospeché que algo raro sucedía. Me empiné hacia adelante y lo vi, mi amiga había abierto el marruecos del chofer y lo masturbaba, silenciosamente, olímpicamente... El desconcierto del chofer no tuvo límites y no se movió, manejó y manejó sin abrir la boca. Cuando llegamos al punto requerido, mi amiga avisó, llegamos, chiquillas, bájense. Muy seria le subió el marruecos y se despidió del chofer, quien, aterrado, jamás habría osado cobrarnos. El día que se los conté, Victoria rió y comentó alegre la posibilidad de dar vueltas el asedio sexual y ver si los hombres se plantean cómo es el cuento al revés. Pero tú palideciste. Esa misma noche a Victoria se le ocurrió hablar de su amigo, el Caco, ese vecino de toda la vida, ese pobre diablo a quien ella trata de rescatar metiéndolo en cuánta organización existe. Le pregunto en qué está el Caco ahora. Y como si tal cosa, Victoria responde: ahí anda, puteando por un par de lucas, ésa es su actividad actual. Tu volviste a empalidecer.

–¿Perdón? –casi no podías modular, incrédula.

–A ver, dulzura –te respondió Victoria–, te lo explicaré con precisión: se para en la Plaza Italia, se sube a los autos de los homosexuales y se deja succionar el órgano sexual por dos mil pesos. ¿Te queda claro? –te despachó con la mirada, nunca con intención de provocarte, soy yo la de esas intenciones, Victoria no lo haría. Continúa muy seria, y me dice: –La otra noche me lo encontré cerca de la Estación Mapocho, y mientras conversábamos, se nos cruzó lentamente un auto verde. Sale, Victoria, no me caguís el negocio, me dijo. Y yo miré este auto verde tan largo y raro y vi adentro dos maricones medio elegantes, pero de elegancia extraña, viejos, y con

un doberman atrás. No, Caco, no te subái ahí, ten cuidado. No me hizo caso y partió con ellos. La próxima vez que lo vi, me dijo: te contrato de guardaespaldas, cabra... me sacaron la misma cresta los del doberman. Era evidente, ¿cómo el Caco no se dio cuenta? Si me di cuenta yo, que no tengo ningún instinto de conservación...

Esa noche, cuando volvíamos de Avenida Grecia, tú me dijiste casi temblando, casi sin abrir los labios.

El problema de ustedes, Sofiá, es que no tienen temor de Dios.

VOLVÍ a encontrarme con este amigo de Victoria en su casa. Me hablaba a mí misma del «amigo de Victoria» para distanciarlo, para sentirlo del todo ajeno. Pero no, no resultaba. La distancia se esfumaba y venía de vuelta con su cara y su nombre: el Gringo.

-Estuvo preso conmigo -me contó más tarde Victoria-, fue entonces que lo conocí. Su historia es rara, pero simple. Lo tomaron porque había escondido a un amigo suyo que era buscado. Él no tenía nada que ver. Estudiaba en la universidad, vivía entre sus libros y la política era una referencia filosófica, no una actividad ni una actitud de vida. Este es el caso, literalmente, de una víctima inocente. Estuvo preso un buen tiempo. Lo torturaron hasta el cansancio, hasta que encontraron a su amigo. Cuando lo hubieron matado frente a sus ojos, lo soltaron. Pero luego lo siguieron persiguiendo y él se esfumó. El único compañero a mi alrededor que fue permanentemente torturado por mujeres. Como si ser tan bello fuese su pecado...

Luego el Gringo me contaría también a mí.

-Salí de la cárcel y a los pocos días comenzaron a seguirme. Como supe que no podría vivir en paz, me fui. Me arranqué, Blanca, que te quede claro, fue un impulso de la cobardía, no lo disfrazo. Partí al sur sin avisarle a nadie, ni siquiera a mi mujer. Cuando ella se enteró más tarde que yo vivía y estaba libre, no me lo perdonó. Y me abandonó. Un tío mío había colonizado unas tierras en Aysén. Para allá me fui. Estuve tres años encerrado en esos bosques. Trabajé como uno más de los campesinos, usé las manos, corté árboles, aprendí del aserradero. Viví en casa de este tío, muy loco y excéntrico, bastante alcoholizado, con su voz como única interlocución. Leí, leí y leí. Avanzar en el conocimiento es un drama, Blanca -muy serio el Gringo- porque cada paso que das te amplía la conciencia sobre lo que aún no conoces. Y entonces estás cada vez más lejos de satisfacer tus propias curiosidades -ahora sonrió-. Esto termina en que la ruma de libros que tienes en tu velador crece y crece sin parar, y que ni diez años en Aysén son suficientes.

-¿Te enamoraste en el Sur?

-Una mujer me acompañó un tiempo. Tenía una bonita historia, por eso la llevé conmigo. Era mapuche. La conocí en Temuco, ella también escapaba. Se había casado muy jovencita y había sido abandonada. Cuando esto le sucedió, dejó su tierra y se fue a Chillán. Allí se enamoró por segunda vez. Cuando quiso casarse de nuevo, le explicaron en el Registro Civil que no podría -que ya estaba casada, aunque el anterior marido se hubiese esfumado-. Por esta razón fue otra vez abandonada, por el segundo enamorado. Cuando conoció a su tercer amor, se puso el parche antes de la herida. Desde el principio cambió su nombre, le dio a él el nombre de su prima, una chiquilla oligofrénica que vivía en Nueva Imperial, quien nunca -a su juicio- necesitaría de un nombre ni de un documento. Mandó a pedir el Certificado de Nacimiento de su prima y con él volvió al Registro Civil, sacó carnet a su nombre y se casó con este nuevo amante, sin miedo a que la apresaran por bigamia. Cuando lo llevó a su pueblo a conocer a su familia, él la descubrió. ¿Y qué crees que hizo este hombre? La agarró a golpes, por haberle mentido. Ella lo amenazó con ir al retén y acusarlo por maltrato. Él le respondió que iría primero y la acusaría de usurpación de nombre y de bigamia, que nadie la salvaría de la cárcel. Antes que él llegara al retén, ella se fue a la carretera. Yo pasaba con la camioneta por ahí y la llevé. Así, en vez de terminar ambos, ella y su marido, denunciándose donde los carabineros, terminó en Aysén, escondida como yo. Yo, con pecados de verdad, ella. sólo con pecados de amor.

-¿Y la abandonaste?

-Más que abandonarla, me fui. Volví a la ciudad. Ya nadie se acordaba de mí, ni mi mujer, que tan absorbente había sido. Pero como mi madre lo era aún más, volví a partir. Decidí viajar. Agradecí mi doble pasaporte entonces, no necesitaba tanta visa como los chilenos. Recorrí el continente, viví en distintos lugares. En Phoenix, Arizona, en una casa rodante, mientras hacía de nochero en un *resort*. En San Salvador, trabajando en una embarcación. En una hacienda en Paraguay. Luego en Ecuador. Ya habían pasado los años cuando un día, en ese país, un día que miraba el mar, decidí que quería mi propio mar. Y volví.

–¿Dónde mirabas el mar?

–En San Lorenzo.

–¿Qué hacías ahí?

–Fue fortuito. Llegué a ese lugar porque una tarde mi embarcación se enredó en los manglares.

–¿Qué es eso?

–El mangle es un árbol que echa raíces en el agua salada. Quedamos atrapados, un amigo y yo, con sed.

No teníamos agua. Fue entonces que aprendí a tomar el agua de los cocos. Me instalé en ese pueblo.

–¿Que había en el pueblo?

–Tres mil negros, nadie sabe cómo llegó a conformarse esa aldea. Suponen que alguna vez hubo un naufragio, algún barco que venía del África. Era una zona maderera, cercana para mí. Por eso me quedé. Había un sólo blanco en el pueblo, un maricón que instaló ahí su peluquería, transformándose en el éxito del lugar. Cuando un día conversaba con él mirando el mar, hablamos de este continuo no pertenecer. Vi que el peluquero había encontrado al fin su pertenencia en San Lorenzo, entre los tres mil negros, y que yo encontraría la mía en mi propia tierra. Tú sabes, Blanca, uno como yo parece que lleva el mar adentro. Quise volver al mío.

–¿Y...? –que no calle, que siga hablando.

–Me vine a Chile. Instalé una pequeña empresa maderera. Vivo de eso y de mis libros, que son –al fin– mi única gran pasión.

–¿Y fue como volver a lo tuyo?

Me clava los ojos.

–Sí y no. Parece que ya no tengo raíces. Y el no tenerlas deja cada miembro a merced de la intemperie, que es donde yo vivo.

Mi abuela, al morir, no me dejó dinero. El dinero como tal nunca le gustó a mi abuela, temiendo que desarticulara o dispersara más que cerrara círculos de felicidad.

Mi abuela al morir, entonces, me dejó un pedazo de tierra. Ella me enseñó de chica a amar los cerros y el color de los limones cuando se echaba el sol. A esa hora me hablaba de García Lorca y me contaba del amor de Federico por los dorados de la tarde. Y al enseñarme de la hermosura del valle, me habló de la perpetuidad de la tierra. Entonces oí de sus labios por primera vez la palabra pertenencia. Me contó de la primera Blanca, la que muchos años atrás corrió por los mismos prados y dejó su memoria en ellos. Fue entonces también que me habló de las raíces, de cómo el dinero y las raíces se encuentran raramente entre sí, que lo primero disloca, lo segundo sujeta.

Me dijo mi abuela que la tierra prolongaba -más que los hijos u otros elementos- y que ella siempre serenaría mi alma. Nombró la trascendencia y yo intuí la relación mística entre la tierra y ella.

De todos los terrenos que dividió -éramos varios los nietos- eligió el más hermoso para mí. Nadie se enteró de esto, pues ella no lo avisó en vida. Al leer el testamento, yo supe por qué ese era el mío. Sólo desde allí los cerros encerraban por los cuatro costados. Y esos muros de árboles y piedra, lejos de ahogar, me protegían. No fue inocente la elección de mi abuela. Ella sabía por qué yo necesitaba de esa protección.

Elegí las maderas más sencillas y me hice una casa. Con mis propias manos planté el níspero, los dos aromos y el jacarandá que la circundan. Recuerdo sus palabras: identidad, pertenencia, perpetuidad.

Mi propia impronta.

Es el único lugar, de cuántos he tenido y vivido, al que he podido llamar: *mi casa*.

VOLVIMOS a encontrarnos, como si a cada rato lo encontrara, como si la confabulación estuviese tejida para encontrarlo. Al terminar la sesión con Bernardo aquel día, ya un poco ansiosa sobre las presencias que rodearían la tetera hirviendo, me sorprendí de tanto silencio. No hay nadie, pensé con desilusión. Dejando a Bernardo con su tarea, salí sola al pasillo. Y los vi. En el sofá, Victoria inclinada sobre un cuerpo grande, inclinada como sólo sueden inclinarse los cuerpos que confían uno en el otro. Cerrados los ojos, los brazos del Gringo la sostenían. Me faltó la respiración. Como si me hubiesen golpeado de frente, me vi envuelta en sensaciones heladas, absurdas y desproporcionadas al golpe mismo. No esperaba sentirlo, no debía, me sorprendí, me reprendí. Me disponía a desaparecer en la punta de mis pies, con la mayor discreción, cuando Victoria me llamó.

-No, Blanca, no te vayas.

El Gringo abrió los ojos y no había sobresalto alguno en ellos, más bien una apenada paz.

-No es lo que crees, ven -me dijo Victoria, insistiendo. Se incorporó y tomó una taza, sirviéndome un té. Había un ambiente de silencio que yo respeté, esperando que Victoria lo interrumpiera. Luego de lo que me pareció un siglo, lo hizo.

-Estábamos reanudando una antigua promesa.

Como el silencio continuara, pregunté.

-¿Cuál?

-Algún día te la explicaré -me contestó Victoria y por primera vez vi tristeza genuina en ella, sin máscara alguna.

Mis ojos y los del Gringo se buscaron en ese ambiente enrarecido, como sólo enrarecen la pena sumada al silencio. Y se encontraron.

Sus ojos como grandes cerros verdes, paños verdes que ambicionan cubrir a esos cerros de la intemperie.

A ver, Blanca, detengámonos un poco.

Tú eras un ángel, yo lo díje siempre. Y no teníás motivo alguno para intolerancias ni impaciencias. A lo más, un cierto agobio por tanto buen comportamiento.

Victoria, la sombra que te daba el contraste, una vez al mes pasaba por un período intolerable para ella. Sentía que sus nervios continuamente la traicionaban, casi los veía tensarse y aflojar, aflojar y tensarse. Observaba que el mundo se ponía de acuerdo para hacerle la vida imposible. Detestaba a su hijo cuando éste la molestaba –y cosa rara en una mujer– lo reconocía. Cuando Victoria leyó por primera vez sobre el Síndrome Pre Menstrual, respiró aliviada. El que su mal tuviera nombre la consolaba, como si alguna parte de si misma al fin encontrara la licencia. Cuando te explicó esto, tu decidiste que ése era también tu problema. Nunca pensaste antes en tener dolencias innombradas, pero ésta te iluminó. Por primera vez las cosas no andaban bien para ti, debías justificar con rapidez. Huelga decir, cuñadita míá, que jamás, ni en tu adolescencia, sufriste con una menstruación, como si no te tocara, sólo te rozara suavemente para contarte de un momento distinto. La explicación de Victoria te vino de perlas, justificar lo que tu mente y consciente no delataban. Lo nuevo que empezaras a experimentar al interior de tu hogar debía deberse a algo así, ¿verdad? Te sobraba, reconozcámoslo, esto de que las fechas fuesen tan acotadas.

En tu preciosa casa en San Damián –construida para ustedes como un molde– tú amanecíás cada día con la cordillera y el bienestar encima. Si fuéramos norteamericanas, te dijo Pía con toda desfachatez, apareceríamos en el House and Garden. Algunos muebles antiguos sugieren mucho antepasado y los modernos, mucho dinero. Cada niño en su propia habitación, la piscina exageradamente azul y el living, un solo gran ventanal, trayendo la luz de la mañana, dándole mil tonos diferentes al damasco de las murallas. Como la mansarda era el lugar que los niños preferíán, te diste el lujo –que ninguna madre con hijos pequeños se da– de tapizarlo todo de blanco. Juan Luis se hizo un escritorio de hombre importante, allí se guardaban los libros que nadie leía, porque tus novelas –fanática tú de las novelas– estuvieron siempre en tu dormitorio, convivían a tu lado con toda humildad; las pedías prestadas o si las comprabas, las regalabas, deseosa de traspasar tu gusto por ellas. Ningun interés por acumular o demostrar. Juan Luis ocupaba poco este lugar, pero a veces tú te instalabas ahí a respirar, como el remedo del cuartito para llorar de la Nacha Guevara en la pelicula Miss Mary, *que tú no poseías. Tantos metros cuadrados construidos, Blanca, y ninguno de tu exclusividad. Muy, pero muy femenina siempre tú.*

Es que eras más sencilla de lo que tu entorno sugería. Fue esa sencillez la que me atrajo a ti cuando entré en esta extraña familia. Si tu closet empezaba a abultarse era por obra de Juan Luis y sus viajes, no por tu afán. Y siempre lamenté no tener tu talla cuando te daba por regalarlo todo. Preferías tus buzos ciento por ciento algodón, toda tu ropa era ciento por ciento algo, o tus bluyines con amplios sweateres que le robabas a Juan Luis.

Aunque algo de rabia me daba la holgura con que transcurría tu vida, nadie –salvo yo– consideraba que fuese culpa tuya el no trabajar. Después de todo, estabas recién titulada cuando debiste acompañar a Juan Luis a Chicago a hacer el famoso post grado. Ya cuando volviste, con guagua chica y pérdidas a tu haber, sólo por disciplina interna aceptaste un puesto en un colegio. Al cabo de un año, cuando caiste en cuenta que ganabas lo mismo que tu empleada, lo dejaste y guardaste el título. Entre Chicago y los talleres de la parroquia medió tu silenciosa disponibilidad. Quieta, como tú. En un ocio expectante pero plácido. Ver de qué forma ser útil, con tal consigna le echabas una miradita al mundo, no muy convencida pero con la mejor de las intenciones. Y que tal forma hiciera que Juan Luis y el resto te quisiera.

Eras rica y lo vivías con naturalidad. Emanaba de ti una intrínseca elegancia, tan poco ostentosa. Parecías sentirte cómoda en cualquier lugar que te pusieran, ya fuera el supermercado o el Palacio Cousiño. La estridencia te era descono-

cida, no le temías como la he temido siempre yo. Nunca te aceleraste en las puertas de las lozas para abordar en los aeropuertos. Cuando subías a un ascensor, eras la única que se resistía a la tentación de mirarse al espejo mientras los demás ajustaban chaquetas o arreglaban corbatas y peinados.

Los pánicos colectivos te resultaban de inmenso mal gusto. Una vez me contaste que se había empezado a incendiar el bus en que ibas –años atrás, cuando aún sabías qué recorridos existían y cuánto costaba el boleto– y la gente empezó a gritar y a empujar para salir. Tú miraste a tu alrededor y no te moviste. Cuando descendieron todos los pasajeros, caminaste lentamente hacia la puerta y bajaste los escalones sin acelerarte. Por supuesto, no te pasó nada. Nunca hacías escándalo y las empleadas te duraban –no como a mí–. Y cuando invitabas gente a tu casa, todo fluía. Siempre me preguntaba cómo lo hacías para que todo resultara tan bien, nadie de los presentes diría que parecías agitada. Como si todo se hubiese hecho solo. De verdad, le hacías el juego a la fantasía de todo marido.

Tanto esmero, tus pobres hombros precisaron equilibrio exacto.

Eras digna, Blanca. Y eso te daba una seguridad aparente que aplastaba a Juan Luis, a quien todas las cosas molestas de la vida diaria le causaban ansiedad. Yo le contaba a Victoria de cuando entraste a la Joyería Bulgary, en plena Quinta Avenida, en bluyines y zapatillas de gimnasia sin darte una pizca de vergüenza. Creerán que soy una millonaria displicente, le dijiste a Juan Luis que te esperó afuera, y tú entraste y nadie te detuvo.

La displicencia, Blanca, síndrome de toda tu familia. En algunos se transforma en arrogancia, no en Alfonso ni en ti. Son tan parecidos ustedes dos. Y cuando en mi medio se sorprendieron que yo me hubiese enamorado de un hombre como tu hermano, yo expliqué: es su displicencia la que me conquistó. No puedo con ella. Es todo lo que a mí me habría gustado ser.

El elemento básico que distinguía a Alfonso de ti era tu terror al conflicto. Cómo lo detestabas, Blanca. Eras capaz de evitarlo al costo que fuera. Por eso me alarmé cuando apareció el Gringo. Tú eras por definición una mujer discreta, en todo el sentido de la palabra. Nunca entendiste lo que ciertas presencias masculinas quisieron decirte, siempre ausente de esa inquietud. (Una inquietud, al fin, ¿verdad?) Hasta que llegó el Gringo. Pero tanto es así que tampoco lo entendiste con él. O más bién, sólo llegaste a entenderlo cuando llegaste a sentirlo tú.

Y yo, en alguna parte de mi misma, asignándome responsabilidad.

MIRO la lluvia, feroz la lluvia en mi ventanal. Y por vez primera pienso que llegará un verano y yo seré una mujer enferma. Que esos descansos tan esperados en la playa lejana con mis hermanos ya no serán. Pía no me llamará en marzo por teléfono -aparato que es la esencia misma del diálogo- para comentarme lo deprimente que le resulta la ciudad y el encuentro consigo misma en el espejo. Este verano que pasó fueron sus muchas canas al crecerle las raíces, los dos kilos de la pesa (Y tú, Blanca, ¿cuántos? No sé, Pía, no tengo pesa. ¿Pero cómo puedes vivir sin pesarte?), las arrugas alrededor de las rodillas que no estaban en enero. No puedes haber envejecido en un solo mes, le decía yo en el aparato. No, me contestaba, es que a la vuelta de vivir un mes sin espejo uno ve lo que antes no veía.

Y yo gozo ahora de pensar en una vida entera por delante sin espejos.

Siempre recordaré este día. El mundo amaneció consternado: ha caído Gorbachov. Golpe de Estado en Moscú. Invierno, pleno invierno. Agosto, no hubo más de un grado de temperatura temprano esta mañana. Más tarde salió el sol, ese sol engañoso del invierno santiaguino que alumbra pero no entibia. Y todo el país pegado a la televisión y a la radio haciéndose uno con los habitantes que a través del mundo entero hacían lo mismo. En los ojos de Sofía, mientras miraba el avance de los tanques en la pantalla de la CNN, comprendí que era un día de trascendencia.

A mí me da exactamente lo mismo. Comprendo vagamente que algo en el mundo cambia con este acontecimiento y no me importa nada.

Es lunes.

A propósito de la indiferencia.

Pía y yo éramos parte de casi todas las listas de galerías, boutiques, tiendas, editoriales. Nos llegaban sobres e invitaciones de todo tipo. A Pía le gustaba asistir, no discernía mucho. Yo la acompañaba. Hasta que dejé de abrir estos sobres, cada vez más originales, llamativos, elegantes, comiéndose entre sí. Hoy he caído en cuenta de que ya no me llegan.

Me han borrado de todas las listas.

Mamá entra y sale de mi casa, como si yo hubiese parido o estuviese con hepatitis. Me trae regalos, me cuenta cosas, se mueve por los pasillos, inspecciona todo, regalonea a Trinidad y se va. Creo que no tiene ninguna conciencia de lo que le ha sucedido a su hija.

Viene Juana de visita. Trae diarios, dice que debo estar mínimamente al tanto de lo que sucede en el mundo. Yo la miro y la dejo, ¿qué otra alternativa me queda? Veo las fotograías en los diarios, me entretiene la gente conocida, mis hermanos que siempre aparecen por una razón u otra, especialmente Felipe, desde el Parlamento. Miro a mis amigas en las páginas de vida social; están todas vivas.

A Juana le fascinan las noticias del cable y las policiales.

–Escucha ésta, Blanca. Título: «Hallazgo de Infante Recién Nacido». San Antonio. Los servicios policiales porteños buscan afanosamente a una desnaturalizada madre que abandonó a su hijo recién nacido en plena vía pública, en este puerto. El hecho ocurrió en el sector Las Cruces y fue denunciado por una dueña de casa, quien encontró una bolsa plástica en cuyo interior se encontraba con vida una criatura que presentaba aún el cordón umbilical y la placenta, siendo trasladada a Carabineros y luego al hospital. La denunciante señaló a la policía uniformada que la bolsa plástica fue dejada por un hombre que se movilizaba en un automóvil rojo, el que huyó posteriormente.

¿A eso le llama ella estar informada del mundo?

Mientras a mí me dan ganas de vomitar, Juana se solaza en la maldad humana, nada le gusta más a Juana que sentirse buena en una tierra de malos.

Juana nació con un solo brazo. Pía dice que mi amistad con ella es parte de mi santidad. Estoy acostumbrada a su brazo ortopédico; sin embargo, hoy trato de no mirarlo. La caridad me está abandonando. Al irse, me toma la cara trágicamente.

–Ahora sabrás lo que significa ceder a todo, con tal de que te amen.

¿Me quieres decir, Juana, que ahora somos pares? ¿Eso me quieres decir? ¡Dios mío!

No hago nada. Absolutamente nada.

Horas y horas en la nostalgia de mis tiempos de ayer.

My kingdom for a horse. Mi vida por un libro.

Daría todo, lo juro, por aquella compañía que tuve tan largamente, aquella que nunca me traicionó ni defraudó. Han debido quitármela bruscamente para que yo cayera en cuenta que era, por lo lejos, la compañía más fiel.

Tiré el bordado a la basura. Sólo miro y pienso. Pía se desespera.

–¿Por qué no haces algo?

La miro extrañada.

–Algo por el prójimo. Por ejemplo, puedes repartir la comunión a los enfermos. No necesitas hablar para eso. Ni manejar tampoco, el cura te pasaría a buscar a tu casa, feliz de tener ayuda.

Me niego. Pía no entiende. No estoy para hacer el bien, hacerle el bien a nadie. ¿Cómo, si siento el mal encarnizado en cada célula mía?

Sofía entra a mi dormitorio y me encuentra con el rosario en la mano. Cree que rezo, pero no es así. Le he perdido el gusto a rezar. Me gusta el rosario en la mano, cada cuenta es suave y conocida, es en ellas que busco consuelo. Quizás sea una forma diferente de oración. Una forma callada.

Sofía me mira y me dice:

–Déjalo tranquilo allá arriba, Blanca. Él ya no se ocupa de ti.

Es cierto. Lo sé y me indigna: yo no merezco su cólera.

Cuando estaba viva siempre evité los temas grandilocuentes. Hoy no puedo sino divagar sobre la vida y la muerte. Aunque trato de sofocarla, tengo la sensación permanente de pender de un hilo. ¿Me vendrá otro ataque? ¿Cuántas veces en un día me hago esta pregunta? Y si me viene, ¿quedaré igual? Difícil. ¿Seré un vegetal? ¿O moriré?

Me pillo a mí misma aferrándome a la vida y no lo comprendo. Si mi anhelo constante es morir, ¿cómo se explica? Reconozco que le tengo un miedo horrible a la muerte, pero también es verdad que no quiero estar viva.

Dios desciende de los cielos y a veces me envuelve en el blanco total, otras en la oscuridad absoluta. ¿Es que no entiende Dios que da lo mismo una u otra? Antes el blanco y la oscuridad eran opuestos. Hoy son la misma cosa.

Mi hermano Alfonso no piensa lo mismo, mi hermano Alfonso ha sido el único. El ama el arte y me ha hablado del blanco. Nadie sino él lo ha desentrañado. Usó palabras de pintores, me las citó.

Cruzando el jardín, lo despido en el gran portón.

Meditabunda, meditativa, piso la gravilla, piso lento, bajos mis ojos, no puedo levantarlos del suelo.

En la noche grande, a esa hora la más oscura, he vuelto descalza a la gravilla, húmeda la esperanza acechándome.

Las palabras de mi hermano Alfonso perforaron lo acallado. Mi cerebro modula el color.

Blanco, me dijo, el color del origen y del fin. El color de quien está a punto de mudar de condición.

Blanco, me dijo, el color del silencio absoluto; no el silencio de la muerte, sino el de la preparación de todas las posibilidades vivientes.

Celebrábamos el cumpleaños de Victoria.

Gringo Gringo.

Qué entonaciones.

Ese timbre, tu voz particular, Victoria preparando las Margaritas y el tequila aquí adentro respondiendo. Casi tocando tu voz sintiéndola en mis espaldas como una gata llena de cosquillas tenues por una voz que sólo dijo Blanca, entonaciones secretas prohibidas que recorren mis tobillos y tú Gringo sigues hablando,vuelves a decir Blanca y de los tobillos sube a las piernas a los muslos y se detiene. Todas las prohibiciones entre el tequila, tu voz y mi sexo se arremolinan giran vibran, vamos, Gringo, vamos de una vez, aprovecha las leyendas y los vikingos, de esas leyendas te hablo.

Victoria propone el baile, tus brazos y los míos se alcanzan solos no necesitan ni llamarse, para qué, han desesperado esperando esta disculpa, se entrelazan con sonidos lejanos, ¿son gaitas? ¿coros? ¿también percusiones? ¿qué sonido sagrado nos permite? Recuerdo sí un bandoneón, eso fue mucho más tarde y citándome a Bernard Shaw, divertido, diste el primer paso: *El tango es la expresión vertical de un deseo horizontal.* Yo pienso y te pienso horizontal, fuera de mí misma, por supuesto, la mí misma intrínseca no piensa en nada horizontal y busco tus piernas, quiero sobre mi muslo un bulto duro que me asegure, dónde está, sudas, Gringo, y toco ese sudor intuyendo un calvario, soy yo, no es otra, quién puede temerme a mí, qué temes, tus brazos de guerrero me aprisionan, convertir la fuerza en dulzura, entremezclarlas al entremezclarnos nosotros hasta fundirnos, pero quiero tu sexo de piedra para que mis alas vuelen, esmaltado, brillo y dureza, me muevo, tanteo, te sé acalorado y calenturiento como yo, como me decían en el campo de chica cuando tenía fiebre, calenturienta, dónde entonces el esmalte, tu cabeza se pega a la mía, tu barba me cosquillea, en el cuello, en el hombro, también en la mejilla, y la tuya quisiera besar mil veces, la tengo casi pegada a mí, lamerla quizás, como las gatas, soy la dulce blanca entrando de lleno en el pecado, el baile no es más que una disculpa para los cuerpos, y tú diciéndome al principio de la noche, serio, yo no bailo, yo abrazo. Y mi sonrisa conocida, formal, abriéndose. Ahora es mi risa más perversa, te juro, Gringo, me la desconocía, y ella quiere desarticularte, tantearte, hurgarte.

Gringo, Gringo.

Estoy a tus pies. Con tequila, con calor, con hambre.

Y tú no te quedas, mi piel suspendida y la pasión en las sombras.

¿CUÁL habría sido el resultado de mi incipiente locura si Juan Luis no me hubiese llevado a Río? No es que muriera de ganas, pero movida por quizás qué culpas, o ya nostálgica de la culposa que aún no era, accedí a su invitación sugerida como una pequeña luna de miel.

–Sólo un egocéntrico como Juan Luis puede ignorar lo ausente que estás –había opinado Sofía–, a no ser que el ausente sea él y por eso anda inventando lunas de miel.

No le hice caso.

Juan Luis partió varios días antes a Sao Paulo para trabajar y fijamos nuestra cita en Río. Por razones de vuelos, yo llegaría antes que él, una mañana determinada, y nos juntaríamos esa noche en el hotel acordado. Decidí prepararme como corresponde a una esposa que ha sido invitada a una luna de miel luego de años de matrimonio. Incluso se lo comenté a Victoria, cuán convencida estaba, de mí dependía que la unión con Juan Luis tuviera algún color, o más bien dicho, el papel de las mujeres es evitar que las relaciones se añejen. ¿Por qué?, preguntó airada Victoria. No estuvo de acuerdo conmigo.

Vencí mi antipatía por las peluquerías y me instalé allí un día entero. Me hice cuánta cosa se me ocurrió, o que se le ocurrió al peluquero de moda que me tenía en sus manos. Juan Luis se lo merece, me trataba de convencer resistiendo el calor de los secadores. No es que mi melena de Príncipe Valiente diese para muchos cambios, pero lo intenté y me modernicé un poco, decidiéndome luego por unos visos locos en ciertos mechones para vencer mi rubia palidez. Me depilé, me hice las uñas de manos y pies, y para divertir a Juan Luis, pensando en las playas de Río, me pinté las uñas de los pies, detalle bastante siútico, impensado en mí. Recordaba a Pía llegando a mi casa un día. «Vengo de la peluquería y me topé con la Malú Correa depilándose, en pleno invierno, Blanca, ¿te cabe duda de que tiene un amante? Nadie se depila en pleno invierno para los maridos».

Luego partí a General Holley y me probé una tenida

de esta nueva seda agamuzada, exactas a las que vi en Nueva York y que no compré por un puro acto de autocensura. (Siempre me ha producido pudor gastar plata en mí.) Me puse eléctrica de tocarla, tal era su suavidad. Hasta yo me quedé boquiabierta al verme en el espejo, me creí del *Harpers Bazaars'*. Y el toque final fue una camisa de dormir. Yo siempre dormía con pijamas o poleras. Elegí una de lo más sexy, escotada y con tiras de raso. Estaba embalada en este juego y me entretuvo. Para ser franca, me vi regia, cosa que nunca me ocurría, y eso fue parte de la entretención.

Lo esperé un día entero en Río, sintiéndome rara. Yo nunca viajaba sola, la verdad es que casi nunca hacía nada sola y a las alturas que Juan Luis llegó estaba ya nerviosa. Él me abrazó frugalmente y se abalanzó a contarme de sus éxitos en Sao Paulo, de lo bien que le había salido todo. ¿Olvidaba que yo llevaba un día entero sola, en un país extraño, con otro idioma, sin hablar con nadie? Estuvimos solo unos minutos juntos, él debía tratar algo urgente y me pidió que nos juntásemos una hora más tarde en el *lobby*. Llegué a la cita a la hora exacta luego de repasar mi *look* en el baño de la habitación y de comprobar que las sedas tenían sólo las arrugas que corresponden a los materiales nobles, ni una más. Noté que la gente del hotel me miraba y palpé desconcertada esta aprobación en la atmósfera. Al fin llego él, atrasado. Se disculpó y me propuso ir de inmediato al restaurante, tenía mucho hambre. Así lo hicimos. Lo miré comer y me odié por irritarme así frente a la habitual concentración con que lo hacía mi marido. Yo acentué mi forma casual de ingerir, con el instinto de remediarlo y no de marcar las diferencias, mientras sólo hablaba él cuando decidía sacar su atención del plato. De paso preguntó por Chile, por la casa y por los niños. No por *mí*, a no ser que se me suponga la suma de esos factores. No reparó en ningún cambio, ni en mi peinado ni en la tenida nueva. Creo que aún no me ha visto, pensé. Me comentó, entre una cucharada y otra de los rosados langostinos, que se sentía un súper marido por esta idea de la luna de miel. Caminamos de vuelta al hotel y me dije, está bien, tenemos toda la noche por delante. Recordé mi nueva camisa de dormir y me pregunté con timidez qué diría Juan Luis cuando estuviésemos en la cama. Una vez en la habitación, me comentó lo agotado que estaba y me contó un par de anécdotas de su parte del viaje, mientras se desvestía y se lavaba los dientes. Yo, como una visita discreta, sentada con toda la ropa puesta en una punta de la cama. Llegó del baño en calzoncillos y se tendió, prendiendo la televisión con el control remoto, haciendo los *sappings* habituales. Verdadero símbolo fálico, el control remoto, decía Sofía, prívalo a un hombre de él y se siente un impotente. Sus ojos empezaron a divagar, cómo conocía yo esa mirada que se le instalaba frente al aparato. Si no hubiese sido la de Juan Luis, la habría definido como nebulosa, como adicta, como estúpida. Me comenta algo de por qué no me desvisto. Voy al baño, me tomo un tiempo y al volver veo que se ha quedado dormido, la televisión hablando sola. Ronca un poco, como siempre cuando su sueño comienza. Me miro a mí misma, el peinado nuevo, el maquillaje impecable, el olor al perfume que él me ha regalado y la famosa seda agamuzada tirada en la silla. Recordé una helada noche en Chicago, de ésas que atraviesan el cuerpo entero, en que lo llamé intempestivamente a la universidad y le dije, Juan Luis, tengo frío. Al poco rato llegó acezando, había corrido por las escaleras, y bajo su brazo, el flamante acero de una estufa nueva. ¿Cuántos años habrían pasado?

Entonces reparé que luego de diez días de separación y de volar a otro país para encontrarlo, aún no me había besado y no había alcanzado a conocer mi nueva camisa de dormir.

Tuve una vaga sensación que mucho más tarde se me concretó como pensamiento: el pensamiento del desapego.

El lento derrame del desapego.

EL viaje a Río actuó de detonante. ¿O de licencia?

Cuanto más recatada, pensaba mientras sobrevolaba la Cordillera de los Andes, más debe perdonar el Señor. ¡En qué estado de pasión debe encontrarse una mujer como yo para entrar en acción! Sentí que toda creatura de Dios tenía derecho a cederse un poco de autocompasión, unos minutos, al menos.

Llovía torrencialmente ese día.

Me dirigí hacia el centro, desandando el habitual camino Avenida Grecia-San Damián. El Gringo, a mi lado, bello tan bello, guardaba silencio. Sólo yo sabía que la noche anterior, recién llegada al país, y sola -Juan Luis había seguido a Montevideo- me había encerrado en el «cuartito para llorar». Como si las murallas del escritorio de mi marido se me fuesen a caer encima, a mí, a mí que tan bien cuidé la vida, que tanto me preocupé de controlar. A mí, que no había hecho otra cosa que vivir en lo diario, dejando allí toda mi energía. Perdida en ellos, mi marido, mis hijos, mi casa, estaba a salvo. Y hoy... hoy, no hay protección que valga. Siento una leve repulsión por esta mujer que desconozco. Como si fuese la primera que jamás se encontró en esta situación.

Y él... ¿qué le sucede a él, qué lo envuelve, qué lo golpea, qué lo mueve? ¿Cómo acercarlo, cuál finura para no atosigarlo, cuál distancia para no cansarlo? Esto es lo ideal, me diría una escéptica, tener al marido respetable y volarse con el amante dudoso. Pero no soy yo esa escéptica y algo sopla por mi piel, algo me susurra que hasta en la pareja más avenida, en lo más recóndito, existe una franja de reserva, de vacilación. ¿O debiera encarar directamente la franja de retraimiento y de soledad?

Me sobresalté. Era su propia voz la que interrumpía.

-Hemos llegado -anunció frente a una pequeña calle

de adoquines, en pleno centro de la ciudad–. ¿Quieres subir?

(La primera vez que me lo ofreció, me negué. Igual bajamos ambos del auto y nos despedimos con un casto beso en la mejilla frente a la puerta del edificio. Parados uno frente al otro, un poco incómodos –lo sentí tan alto– me preguntó por qué no subía. Le contesté que no podía hacerlo, esperando que mis escuetas palabras le hiciesen comprender toda mi contradicción y me admirara por hacer primar en mí el deber sobre todas mis confusas ganas. Él me miró lejano –nada comprensivo– y me dijo en un tono plano: bueno, si así lo quieres, está bien. Dio el primer paso para retirarse, desprendiéndose así en todo sentido. En ese momento, levanté el brazo y le tiré de la manga de su chaqueta. Ademán absurdo el mío, irreflexivo, irracional. Se volvió, me miró y entró en el edificio con una sonrisa. Más tarde me contó: ese gesto de la manga, fue decisivo. Por esa razón me volvió a invitar.)

Miré automáticamente la hora. A punto de comenzar mis discursos mecánicos, una segunda voz intervino, Juan Luis está en Uruguay, los niños duermen, Honoria los cuida (deja que tengan menos madre –había dicho Sofía–, ¡no los ahogues!), Pía vive en la casa del lado en caso de emergencia, nadie te necesita.

–De acuerdo, subamos.

El Gringo se enredó con la llave, la puerta tardó en abrirse. Bastante descontrolado, lanzó una imprecación. Juan Luis: escena conocida. Respiré. Después de todo, algo en él era común y corriente.

Ya en esa pieza tan vacía, cuando vi los innumerables libros entre estantes y pilas en el suelo con la sola compañía de un estupendo Sony y los discos desparramados, descubrí cuánto había fantaseado con el hábitat del Gringo y las ganas silenciadas y acumuladas de llegar a él.

–Son sólo dos piezas, una para mis libros y otra para mí –dijo como disculpándose. Todo parecía vivir al nivel del suelo, la cama, los libros, la música y esas alfombras, casi el único mueble. En ellas me senté y espontáneamente me desprendí de las botas, húmedas por la lluvia. Me pasó una copa de ron colombiano -solo, sin hielo-, colocó un compact en el equipo, diciéndome «es Schubert» -¿enseñándome, advirtiéndome?- y se dirigió al dormitorio volviendo con un par de calcetines de lana gruesa. Se sentó al frente, siempre en el suelo, y con delicadeza me descubrió los pies.

-¿Son siempre tan helados?

-Especialmente de noche. Trini se arranca de mí en la cama, dice que la congelo -yo hablaba sólo de nervios.

El envolvió estos pies con sus manos, dándoles calor. Uno por uno tomó cada dedo, luego la planta y el empeine, produciendo escalofríos largamente olvidados por todo mi cuerpo.

-Pies de bailarina -dijo.

Cuando ya los sintió humanos, me puso los calcetines secos.

-Me arropas como si fuera una niña.

-*Eres*.

En la alfombra respirábamos tan cerca uno del otro.

-Debes enseñarme un poco de música... no sé nada de Schubert, soy bastante inculta...

El Gringo sonrió. (Más tarde diría, es la limpieza de tus ojos más que tus palabras.) Levantó su mano y me acarició el pelo, lento, lento.

-¿Crees que eso le haga falta a una princesa? Acuérdate, así te pusieron el día que te conocí...

-Bueno, también a ti te llamaron príncipe...

-¡Qué príncipe ni qué carajo! -en un instante cambió; duro su rostro y despreciativo el rictus de su boca.

Lo miré desconcertada, articulando una protesta. Pero él llevó un dedo a mis labios. Su mano delineó mi cara centímetro a centrímetro, un perfecto dibujo mi cara en sus manos. Se me secó la boca. Deseaba esa mano como no recordaba haber deseado otra. Le tomé la barba y la acaricié tímidamente. Nos miramos muy fijo. La mirada no alcanzó a ser larga, fueron los labios de ambos junto a los ojos que intentaron tragarse. Y cuando el abrazo se apoderó de mi razón, sentí que él aflojaba.

-No me sueltes.

Y el Gringo usó la maestría de sus brazos para que este otro cuerpo se sintiera sujeto. Fue entonces, escondiendo mi nuca en su cuello, que dijo aquello:

-No es honesto, Blanca...

Instintivamente me zafé del abrazo.

-Es primera vez que hago esto... la primera vez en toda mi vida matrimonial...

-Jamás te acusaría de nada. El deshonesto aquí soy yo.

-¿Por qué? -casi implorando mi voz.

-Porque no puedo... no consigo llegar hasta el final, no lo logro...

-¿Qué dices, Gringo?

-Soy impotente.

-¿Impotente tú? -como si esa palabra se cruzase conmigo por primera vez en la vida-. ¿Tú?

El silencio casi se tocaba.

-Desde que estuve preso.

A las seis de la tarde del día siguiente tomaba el té en la mesita del living, como era habitual. El fin de semana anterior los niños habían matado una tórtola en el campo. Jorge Ignacio la descuartizó y para Trini fue una aventura. Y yo tomaba el té en mi living blanco, distraída, pensando obsesivamente en mi noche anterior, cuando la pequeña Trinidad me interrumpe.

–Mamá, la mermelada de tu pan se parece al pajarito.

–¿Por qué, Trini?

–Porque es morada, como la sangre.

Y de mis entrañas salió una arcada.

La segunda visita que hice a la casa del Gringo no fue inocente.

–Blanca, te arriesgas en vano. Conmigo no llegarás a ninguna parte.

–Gringo, quiero explicarte también yo una cosa... si de hacerme feliz se trata, nunca lo he sido en la forma tradicional de la mayoría de las mujeres... no he tenido buena suerte...

Me miró muy fijo.

–¿Mal amada mi princesa?

–No sé... no sé...

Me acurruqué en sus brazos, me pegué en sus brazos.

–Hazme cariño... ¿quieres, verdad?

Fue agradecimiento lo que vi en su esbozo de sonrisa.

–Enséñame. Enséñame lo que te da gozo y lo haré.

Me tomó en sus brazos como el vikingo que era y me depositó con suavidad en el dormitorio contiguo sobre la cama a ras del suelo. Mientras era desvestida me sorprendí de no estar sorprendida. Siempre creí que la infidelidad debería hacerme sentir cosas oscuras, recónditas. En mis fantasías, si alguna vez me encontrara jadeante ante un cuerpo que no fuese el de mi marido, este jadeo estaría invadido por una lujuria apestosa que en sí me produciría tal rechazo, desapareciendo esta lujuria y dando paso al asco. Que no podría haber luminosidad en un acto de esta naturaleza, que la ternura estaría del todo ausente, que sólo mi parte más animal podría hacerme quebrar los votos por tanto respetados. Pero era el asco lo fundamental: la palabra infidelidad en mi mente ligada al asco.

Y el jadeo de mi cuerpo no es oscuro, ni lo son los ojos del Gringo ni sus manos expertas. Tampoco su lengua ni su olor. Cerré los ojos y me colmó el aroma intenso de los arrayanes, cuando se han juntado muchos troncos y lo vaporizan todo después de una lluvia. Los brazos del Gringo eran como un bosque.

Y no necesita penetrarme para que el goce final me recorra y me recorra. Y mis espasmos se mezclan con mis gritos, grito realmente o son mis ganas de ganas desesperadas de gritar de meterme en él de desarticularlo de amarlo como fuera de tomármelo de matarlo si es necesario de volverme loca junto a él y el goce sigue recorriéndome y mis espasmos se mezclan con mis gritos que apuntan al cielo. Y desde allí vuelvo exhausta a esconderme en su pecho.

Salí de allí orgullosa. Podrán oler al Gringo en mí, también de mí se desprenderán los arrayanes.

Yo no sé que al Gringo mis olores todavía lo envuelven con los restos de humedad.

La cama aún mantiene mi dibujo y no sé que el Gringo se pregunta -entre la violencia y la ternura- si yo volveré.

Vuelvo.

Mi cuerpo y el del Gringo ambicionan ser uno.

Siempre la música nos envuelve y él me la enseña.

-¿Te duele compartirme?

-Es así solamente. No es lo que soñé. Pero en verdad es muy poco lo que he soñado, poco lo que he esperado.

Estamos desnudos bajo un gran plumón, llenos de calor nos burlamos del invierno en la ciudad. Con mi mano busco su sexo en la oscuridad, lo tomo con rabia y avaricia.

-Él no quiere ser mi amigo -me quejo-. Pero explícale tú que no me importa, que sin él igual puedo amarte.

El Gringo me envuelve con toda su inmensidad desnuda y fuerte.

-Eres mi Blanca iluminada.

Nunca es el silencio. Es el Trío para Piano. Y yo he vivido casi cuarenta años sin conocer a Schubert.

EL Gringo se va. Me quedo en su cama, volver a pegarme a él como él se pega a su cama, su cama como el pliegue de su cuerpo, del dorado de todo su pelo, el del pecho, el de su cabeza, el de su barba, el de su vientre, todo ese dorado revuelto entre las sábanas con sus cubos y triángulos cafés y también de oro, dibujados para su cuerpo, montañas de sábanas de oro para cubrir su cuerpo, los triángulos bajo sus axilas, los cubos entre sus piernas, Gringo, que te acuestas entre ellos, que te tiendes con tu sexo mirando hacia las estrellas, que también se pone dorado como las sábanas y tú, y yo aquí me restriego, me envuelvo, me refriego, olfateo el rastro como un perro de caza, no puedo salir de aquí, atrapada entre tus yemas y tus salivas, ahorcada por tu lengua, de aquí no salgo viva, Gringo, me tiendo en mi placer ensimismado, busco tus manos que me lo procuran, tu boca, Gringo, los triángulos, los cubos y el dorado de tu tejido que se adhiere, se me adhiere, se nos adhiere dejándome sin camino, me hundo en tu cama, me hundo en tus sábanas, me hundo en tus pliegues. Me hundo, Gringo.

Atada a ti.

ME convertí, sin vislumbrarlo siquiera, en una completa egocéntrica.

No dejaba de pensar en el Gringo y en mí. Pensaba en las vicisitudes de su alma, como otra alma en pena, dando vueltas sin tocarnos. Pensaba en su belleza en contraste con su ruina interna. Pensaba en esa pregunta que me hizo: ¿Es tu sencillez calculada, Blanca? Sin embargo, más tarde agregó: soy dueño de tan poco, y tú lo has tocado.

Mientras envolvía en papel de regalo un juguete para la hija de Pía, y pensaba seriamente en qué haría la humanidad antes de la invención del scotch, sonó el teléfono y Victoria me dio su recado. Me iluminé, ¡podría verlo esa tarde! Y del scotch pasé al Gringo, como de todo pasaba al Gringo, y constaté que con él, las cosas -más que decirse- se adivinaban. El Gringo era definitivamente escueto.

Los gritos de la Jenniffer, la hija de mi empleada, mientras destroza la nueva guía de teléfonos, interrumpen mi quietud. La llevo de la mano a jugar con Trinidad, a ver si me permiten meterme tranquila al baño y arreglarme como me arreglo cada vez que voy al centro de la ciudad.

Pía dijo el otro día, sin sospechar en la que estoy metida.

-¿La infidelidad? ¡Qué desgaste! Es un verdadero trabajo de producción. Revisarse entera cada vez, que las medias no tengan un hoyo, que la ropa interior, que coincida el color del corpiño con el calzón, que los pelos... ¡Qué agotador! Los maridos son definitivamente más cómodos.

Mis hermanos se largaron a reír, mi madre no estaba presente, por supuesto. ¿A propósito de qué escuché a Felipe diciendo?

-Porque toda niña bien necesita que en algún momento de su existencia se la tire un roto. Ya sabes, Pía...

(Siempre las obscenidades se hablaban entre los hombres o con Pía, por ser la mayor, jamás conmigo. A veces no se daban cuenta de mi presencia y yo me turbaba.)

¿Y qué hago con la hediondez?

-Eso será para las mujeres -acotó Jorge-, lo que es yo, ni cagando me acuesto con una rota. Yo, sólo con mujeres de mi clase.

-Es que si lo hiciera -dijo Pía-, mamá me lo anotaría en la libreta.

Efectivamente, mamá anotaba cada error de cada uno de nosotros en una libreta negra. -¿Crees que por casualidad llegamos todos tan lejos?- deducía Felipe. La acarreaba permanentemente en sus bolsillos. Le teníamos pavor al momento en que sacaba el lápiz. Ya no lo hace, la libreta duró hasta que dejamos la casa. Pero si aún existiera... Dios mío, qué anotaciones tendría yo ahora. La culpa me va a matar en cualquier momento. Para aliviarla, les cuento a mis hermanos la anécdota de las ostras. Procuro sintetizarla. En la familia se considera de mal gusto contar las cosas con detalle. Está prohibido, por ejemplo, relatar sueños o películas. La falta de síntesis es un pecado en la conversación y pecar en la conversación -actividad sagrada- es pecado capital.

-Fuimos el sábado a comer donde Gregorio y la Juana. Nos tenían una enorme bandeja de ostras. Las comimos todas, con mucho vino blanco. A la vuelta, Juan Luis me pidió que manejara y se durmió al instante. Acto seguido, me empezaron unos feroces retortijones. Me había envenenado con una ostra, no me cupo duda. Traté de despertarlo para que me ayudara. Nada, no hubo caso. Tuve que parar el auto, y como un borracho cualquiera, me puse a vomitar en plena calle, en la cuneta. Vomité hasta el alma y Juan Luis dormía plácidamente. Volví al auto un poco más repuesta, y él no despertó. Pasé una noche de perros. Y al día siguiente...¡no me creyó cuando le conté lo que había pasado! Dijo que era una broma mía.

De nuevo las carcajadas. Y yo, botando culpas junto con las ostras en el vómito.

Odio la esquizofrenia.

La inmunda pureza.

Me pongo una blusa italiana de seda color malva sólo para que el Gringo la toque. Me entretengo en el espejo de este baño repleto de ellos, y me interrumpe de nuevo la voz de la Jennifer.

–¿Te mandaste un porrazo, Trini? ¡La Trini se mandó un porrazo! –por qué grita tan fuerte, siempre los decibeles de la Jenniffer son más elevados que los de mis hijos. Corro al baño de los niños. Trini está en la tina, todo el suelo mojado, se ha pegado levemente contra la loza y se ríe. Nada importante, ¿podré volver a mi blusa malva? Y como bien dice Pía, éste es todo un trabajo. Tomo una pinza para ese pelo horrible que apareció y me perfumo, mientras pienso que tendré que cambiar a esta empleada nueva, que tanto Honoria como Juan Luis han dicho: o la Jenniffer o yo en la misma casa.

Tomo el auto lo antes posible para que nada doméstico me detenga. Me alivia que Jorge Ignacio haya salido con sus amigos. Él siempre me pregunta dónde voy y no lo hace con el mejor de los tonos. Vuelven mis pensamientos al Gringo, estaré en sus brazos dentro de media hora. Por la Avenida Kennedy logro estar en el centro en una exacta media hora, lo tengo todo calculado. Es inusual y osado lo que hago. Y me pregunto, ¿así será ser hombre?

Pienso en los meses de detención del Gringo. ¿Cómo habrá sido aquello? Mi única experiencia fue cuando quebraron los bancos, después del boom económico, y un primo mío cayó preso. Iba una vez por semana a visitarlo. Él estaba muy bien, le llevábamos cosas ricas para comer, hasta tenía contratado un cocinero adentro, entre los presos, que hoy tiene un restaurante en Guayaquil. Siempre estaba limpio y oloroso mi primo. Claro, estaba en Capuchinos. Si hubiese sido mujer, ¿a qué cárcel decente lo habrían llevado? Cuando le comenté a Sofía que no consideraba tan terrible esto de la cárcel, ella me dijo, lo que no es terrible es ser ejecutivo. Pero claro, a los otros no los llevaron a Capuchinos. El Gringo ni siquiera me ha contado en qué lugar estuvo. Quizás ni lo sabe. Es que él no habla de esas cosas, ni de muchas otras. En la relación con él se siente el sufrimiento, pero es un tema que no se puede tocar.

El Gringo es un ser sin contexto. No habla de su pasado, no habla de su familia. Sé tan poco de él.

Sé de su padre, uno de aquellos flemáticos anglosajones que fueron enseñados a no mostrar sentimientos.

Sé también de esa madre pulpo, con sus mil tentáculos que al Gringo ahogó.

Sé de su esposa que odiaba esos tentáculos y sin embargo los reproducía.

Sé de la muerte del padre del Gringo. Sucedió mientras estaba casado, mientras la madre y la nuera se lo peleaban.

Murió su padre. En ese momento al Gringo se le detuvo el corazón y todos creyeron que había muerto con él. No dejó que su madre se abocara a la muerte del padre, le quitó a su padre ese momento único. Pero la madre, a su vez, lo soltó -por primera y única vez- y miró a su nuera y se lo entregó. Que cada una se hiciese cargo de su propio hombre, de su propio muerto. Entonces la nuera tomó a su marido y la suegra al suyo y el hijo se desprendió de la madre para morir o no morir en manos de su propia mujer.

(¿Debiera deducir que es un egocéntrico?, me preguntó Sofía cuando se lo conté.)

No murió. Fue sólo un juego del corazón.

Pero sí murieron en el camino todos los lazos de entonces.

El Gringo me esperaba. El ron colombiano, un precioso racimo de uvas sobre una bandeja -mi fruta preferida-, la música muy alta y un libro en la mano. Me tiré sobre su cuerpo. Olor amigo su cuerpo.

–¿Tuviste problemas para venir?

–Estoy sola –le contesté, forma oblicua de decirle que Juan Luis no está. No soy capaz de pronunciar el nombre de Juan Luis en su presencia, me las he arreglado para que él comprenda sin mentirle, pero sin nunca mencionarlo.

Él empezó a sacar granos de uva, echándoselos a la boca. Los arrancaba directamente del racimo, sin cortar los gajos como me enseñaron a mí de chica: nunca la mano directa al racimo. Instintivamente le pegué en los dedos.

–Eso no se hace... –y pensé que a Jorge Ignacio yo lo retaba por ese tipo de cosas y en el Gringo me provocaban un raro placer de lo subversivo. No me hizo caso y un rato después me dijo.

–No quiero hacerte ruidos, Blanca.

–¿Cómo?

–Eso es un romance extra conyugal: un ruido en la vida del otro.

–¡No! Puede ser un sonido bello.

–O un ruido molesto. Y tú, Blanca mía, nunca has sido ruidosa.

–Los ruidos, Gringo, son todo lo que impide la comunicación. No es nuestro caso. Digamos que son sólo murmullos.

Alguna vez oí que el murmullo era la palabra del silencio. Sólo la música interviniendo en el murmullo.

Comenzamos a tocarnos. Tuve la certeza que nos arrimábamos al bien, por un momento sentí que todo lo ocurrido era exactamente como debía ser. Si sólo él pudiese tener más placer... La masculinidad de Juan Luis me estaba resultando orgullosa y arrogante. No la quería si la del Gringo no podía lucir así. Él me tendió en la cama y acarició cada fragmento de mi cuerpo, cada uno. El elegía esta manera de tornarme amante.

Yo vivía en la insurrección permanente de los sentidos.

Y no vivía en esa cama a ras del suelo la amargura de sentir que para el Gringo su única preocupación ha sido vencer su propio desafío.

Cuando me iba, le devolví el libro que celosa le quité de las manos al llegar, de una tal Lispector. Estaba ya en la puerta cuando me citó: «Pues había tal amor humilde en mantenerse apenas carne...».

Cerré la puerta y volví.

HOY el Gringo ha declarado ante la Comisión de Verdad y Reconciliación.

Supe que en mí ya no era la pura misericordia. Supe que entrando en el dolor ya no se volvía atrás. Supe que abrir mis brazos a la descomposición de este lado de la ciudad era un llamado de mi vacío, no de mi santidad. Igual ya había cruzado la ciudad, y algunos caminos son irreversibles. También supe que con ello quebraba ese orden, el que me hizo deambular oscurecida en este día y el otro y el que vendría, ese orden feroz y blanco, que tarde o temprano me arrojaría a otro vacío y a otro peor.

Crucé la línea del oriente hacia el sur. El sur, cualquier sur, fue siempre en mi interior la concentración de todos los males. Me detuve en la palabra sur y en su connotación.

Y hacia allá me dirigí.

Sí, el Gringo fue hoy a declarar. Anduvo taciturno y lejano los días previos. Hoy debió contar de lo que fue testigo. Tuvo que recordar cada suspiro final que llevó a su amigo a la muerte. Tuvo que verbalizar lo que nunca verbalizó, lo que su memoria recuerda día a día, noche a noche todos estos años. Su precisión fue exacta. Sus palabras no lo habían sido hasta hoy.

El Gringo está hecho pedazos. Ni siquiera su hermosura se mantiene en pie esta noche. Sus ojos están rodeados de arrugas que nunca antes le vi, las ojeras sombrean de oscuro esos pómulos. Lo miro y me pregunto si es el mismo Gringo mío o si siempre fue así y mi amor no quiso verlo.

Me quedé a su lado toda la noche larga. Lo abracé en el sigilo. Él no quería más palabras, se había vaciado entero al pronunciarlas ante la Comisión: herido por las palabras tanto como lo ha sido por el silencio.

Cuando el amanecer se intuía, habló.

–He debido ponerle nombre a las cosas. Por primera vez.

¿Y antes, nunca hablaste antes?

–Nunca. Fue mi cuerpo quien habló en lugar de la mente.

Sigo mirándolo.

–¿Blanca, nunca has sentido cómo el cuerpo y el alma están unidos, cómo el dolor que surge en uno de ellos siempre provoca un efecto en el otro? ¿Sabes de lo que hablo?

–Sí –hago como si entendiera, para que no se aleje, para que no se cierre.

–El dolor se quedó en mi mundo interno. Eso sucede con la tortura, Blanca: es la muerte o la alienación.

Camina por la pieza como si estuviese a solas.

Al fin me mira. Como mis ojos se empezaran a ahogar, su expresión cambió. Se endureció y acercándose me tomó violentamente por los hombros.

–¿Qué haces aquí? ¿Qué tienes que ver tú con todo esto? ¿Por qué no te vas? Éste no es tu mundo. ¡Estás entrometiéndote y no te corresponde! No te vengas a hacer la santa...

–Detente –le rogué, tratando de sujetar sus manos que me arranca.

–Me presionas –¿hasta cuándo va a caminar por la sala? Son fuertes sus pisadas que lo alejan–. No tengo nada que darte, si apenas soy capaz de sentir –entonces me mira como si me odiara–. ¿No ves la distancia, Blanca, no la sientes? Es conmigo mismo, es contigo, es con todos, ¿cómo la soportas? ¿No entiendes lo difícil que es para mí transmitir alguna emoción? ¿No te da rabia, por último, mi pobreza de expresión en ese campo? Ni siquiera he logrado una vez –una sola vez decirte que te quiero. ¿Qué mierda haces aquí? Te voy a herir y lo sabes. Ándate ya.

No me moví.

–Pierdes el tiempo. No escucharás lo que una amante desea escuchar. Nunca te hablaré de las cosas reales, nunca te hablaré del miedo, ni del resentimiento, ni del amor.

–Algún día te mejorarás –aventuré, o mi amor por él aventuró.

Su risa fue una dolorosa mueca.

–¿Mejorar? No, Blanca, llévate tus ingenuidades a otro lado.

Me interpuse en su camino y lo abracé llorando. Intentó soltarse y no se lo permití. Lo aferré a mi cuerpo hasta que de a poco, muy de a poco, mis manos sintieron cómo su tensión comenzó a aflojar. Los músculos parecieron pelear unos con otros hasta que por fin ganaron los mansos y recién entonces fueron capaces de entregarse, alivianarse hasta tornarse dúctiles. Sólo ahí pudieron acoplarse a los míos. Y entre el enredo de estos dos cuerpos desesperados escuché un sollozo, no, que no era el mío, que no reconocí y que agradecí como la tierra agradece el agua después de la sequía. Por fin se quebró. Y mi instinto limpio, como él lo llamaba, limpio e ignorante, sospechó que nunca se había quebrado y eso debía ser un camino. Este hombre debía tener alguna salvación, no podía su conciencia haber borrado todo dolor para sobrevivir, no podía su cuerpo hablar para siempre por ella. Lloramos juntos y nuestro abrazo fue largo, tan largo, como si toda la humanidad nos rodeara y no solté ese abrazo hasta que amaneció.

Desperté tarde esa mañana, en mi propia cama. Todo el cuerpo me dolía tras la tensión de la noche en vela, pero no tuve tiempo para pensarlo, los niños me esperaban ansiosos.

–Mamá, la abuela nos trajo estas papas del Jumbo. Son nuevas, no son ni fritas ni duquesas... sólo se fríen un minuto en aceite hirviendo y ¡zas!, se inflan y listo. Mamá, hazlo tú con nosotros, anoche no llegaste a comer y te quedamos esperando.

No me gustó el tono del «anoche no llegaste a comer», me sentí vagamente acusada. Ellos esperándome y yo en la noche de otro mundo, triturándome con la noche de otro mundo y la voz de Jorge Ignacio irreal, lejana e irreal. Sí, las papas fritas. La culpa se apoderó de mí, mis hijos, Jorge Ignacio tan apegado a su padre y él siempre ausente.

Cansada, obedecí. Fui a la cocina con los niños; le pedí a Honoria que me hiciera un espacio. Esfuerzos por concentrarme, mecánicos gestos tratando de ser diligente. Una llamada de atención de mi hijo.

–Puchas, mamá... como que siempre estái en otra...

Cuando el aceite hervía, como lo requería la receta, el mango del sartén se deslizó de mis manos. Y el sartén se dio vueltas, derramándolo todo. El aceite cayó en mis piernas y mi salto no alcanzó a eludirlo. Me quemé, me quemé como sólo quema el aceite hirviendo.

Terminé en la clínica, con quemaduras de algún grado, no recuerdo cuál.

Mi cuerpo no estaba en otra parte.

Mi fonoaudiólogo. Personaje central.

Su cara está más pálida hoy, él que acarrea esa cara simple, esa cara de bueno. Cuánto habría apreciado ese detalle antes, cuando yo misma era buena. Veo que le falta un botón a su chaleco gris. Se le debe haber caído durante el día, pues lo supongo pulcro al vestirse cada mañana. Pero igual se le ha caído un botón y no sé si para él eso es importante.

Ha pasado algo hoy día. Me dijo que yo estaba demasiado tensa, que así no podía darme la lección. Yo lo miré en blanco, como lo miro siempre. Entonces se levantó y me dijo.

–Relájese, señora Blanca. Voy a hacerle un masaje.

Enterró sus manos en mis espaldas, un solo nudo. Poco a poco los fue deshaciendo, mi alerta y mi sorpresa aflojando con ellos. Cerré los ojos y me entregué. Las manos del fonoaudiólogo me recordaron las del Gringo. A mi cuerpo no le parecieron tan distintas y fueron bienvenidas. Quizás llegado un momento, las manos de los hombres son todas iguales.

Aun así, no lo quiero. Me enseña cosas que yo sé, pero igual no las logro y lo odio. Cada día que él parte, miro hacia el infinito y me digo, soy una inválida.

Rara esta invalidez. Toda la mitad dentro.

El habla –ruidos, gorgoteos, extravagancias acústicas– ha quedado circunscrita a un solo estricto tiempo y espacio: éste de mi dormitorio, éste de mi fonoaudiólogo y yo. Sólo ahí y entonces, ningún intento que no sea el exigido en la sesión. Nunca sola, como debió haber sido para un acto íntimo. Si me sorprendieran en uno de estos balbuceos, la vergüenza me callaría de raíz. Solo frente a mi verdugo. Él siempre sentado en un sillón floreado y yo siempre en la silla delicada de mi abuela. Una pequeña mesa entre los dos, la de mi desayuno. Allí se instalan su grabadora, sus láminas, sus libros y sus juegos. Solo frente a ellos mi desmayo, mi inútil intento, mi estética por fin estropeada.

Solo allí.

Juana, mi amiga de infancia, mi amiga sin brazo, es la que más me visita. Ella no comprende que en este drama su papel es sólo el de un actor de reparto. Pero le viene tan bien sentirse central. Juana tiene ojos de vaca, plácidos ojos, vaca que siempre está rumiando.

Juana me quiere. Juana me toca con su única mano, me acaricia la frente, pasa sus dedos por estos pómulos tensos. Acerca mi cabeza contra su pecho y la aprieta fuerte, hundiéndola en esa masa abundante y blanda. Me asquea esta mano y esta voluntad dadivosa.

–Ay, Blanca, nadie te comprende como yo... –suspira ella.

Mi gesto no pudo reprimirse. ¿Por qué nos hemos homologado, Juana? Ella intuyó mi rechazo y salió rápidamente de la pieza. Volvió al poco rato como si nada, con un café en la mano.

–Le está yendo estupendo a Gregorio. Si pudieras hablar, sé que me preguntarías por él, así es que te pondré al día. Dejé uno de los talleres de la parroquia para dedicarme más a su trabajo.

Yo arqueé una ceja.

–Tú sabes cuánto me necesita. Como él no sabe inglés, me he dedicado a traducir los textos que necesita para su trabajo, así se ahorra pagarle horas extras a su secretaria y nada me hace tan feliz como serle útil. Debo reconocerte, Blanca, que me cuesta bastante. El inglés es técnico y jura que yo manejo más el idioma de lo que realmente lo hago. Entonces, a escondidas, estudio como loca para que no me pille y las traducciones salgan impecables... y el gerente ya le anunció...

Lejos el gerente, viene David Bowie a mi mente. Juana continúa hablando, siempre de su marido, temerosa de que mi opinión sobre él no sea tan alta como la suya.

¡Cuánto me gustaba David Bowie! Quise ir a verlo al Estadio Nacional cuando vino a Chile, pero a Jorge Ignacio le dio verguenza ir con su mamá y no tuve quién me acompañara.

–Han estado discutiendo lo del ascenso...

Su cabeza saliendo de la tierra en *Furyo*, su cabeza tan rubia mientras su cuerpo enterrado por los japoneses... esa imagen, y las camisas blancas con vuelos a lo Mozart.

–Para Gregorio es tan importante que su sueldo sea equivalente al de sus amigos... ¿Entiendes, Blanca, el punto? –como si fuese muy complicado entender el arribismo.

¡David Bowie! Habría sido maravilloso besarlo.

Tomo un asqueroso vaso de leche. Mi estómago no resiste la cantidad de remedios y se duele. Miro la leche. Nunca me ha gustado.

Hace algunos años, Trinidad, mi hija prematura, había recién llegado a la casa desde la incubadora. Sofía me acompañaba mientras yo la amamantaba.

De repente entró Juan Luis al dormitorio. Se veía de buen humor y comenzaba una frase cuando me vio con Trinidad colgando del pecho. Instantáneamente le vino una arcada irreprimible y tuvo que irse rápido de la pieza. Sofía frunció el ceño y yo me avergoncé por mi marido.

–¡Dios mío! –exclamó, con los ojos muy abiertos.

Como yo guardara total silencio, ella se paseó frente a mi cama y a boca de jarro, me preguntó.

–¿Le gustan tus pechugas a Juan Luis?

Me debo haber ruborizado de pies a cabeza.

–En tiempos normales..., sí.

–¿Me vas a decir, Blanca, que mientras das pecho no te las toca? ¿Ni te las chupa?

–No. Es que él no toca nada que tenga leche. Le da asco.

–¿Sabías que hay hombres que se calientan con esto?

–No, no me lo imaginaba... –yo estaba turbada con el tema y Sofía se dio cuenta.

–Anda, dale papa en paz. Pero... ¡reconoce que un par de traumas tiene Juan Luis! –se quedó pensativa y agregó con malicia–. Me encantaría verlo de paciente.

Mientras Honoria me sirve el almuerzo, me cuenta de su visita al campo ese fin de semana y del pleito por los chanchos. Su hermana, la Tila, anda obsesionada por los chanchos del vecino que se pasan a su potrero, le comen su pasto y el vecino no hace nada. Ayer los agarró, con la ayuda de Honoria, uno por uno, y los llevó a la comisaría. Ahí quedaron los chanchos con los carabineros, ante el estupor de éstos.

¡Pleito! Ésa fue la palabra con que no pude dar en el último crucigrama que hice, el último antes que mi cabeza entera se cuadriculara y se convirtiera en un crucigrama propio, indescifrable.

Entonces me gustaban esos dibujos con sus espacios exactos, los negros tapados, los blancos abiertos, nada de chanzas o pillerías. Sintiéndome de antemano incapaz, reprimía el gusto, titubeaba antes de aproximarme a ellos. A veces tomaba los crucigramas de los niños, en las revistas infantiles, y ni a ésos lograba acertar. Y cuando los soltaba, había siempre –al menos una– una palabra que quedaba en blanco.

Qué sería aquello que me explicó una vez el Gringo, de ese poeta que él amaba, creo que era Mallarmé, no estoy segura. Los blancos de Mallarmé, de los espacios en blanco en su poesía como espacios llenos, no el blanco como espacio a llenar. El blanco como lenguaje en sí. ¿Sería que los blancos se entendían como espacios ocupados?

Busco afanosa algo del Gringo, lo que sea. Tengo sólo una fotografía suya. La tomó Victoria un día en su casa. Estamos todos agrupados en torno al único sillón. Somos seis personas, no veo su cara con la claridad que necesito.

Su camisa tiene colores fuertes y se apega estrecha a su cuerpo. Su camisa como un ancho tatuaje.

Registro los libros de poesía, ésos que me dejó. Encuentro un papel escrito con lápiz a pasta roja. No reconozco la escritura... Voy esperanzada a la cocina, se lo entrego a Honoria para que me lo lea, alguna clave encontraré. Honoria toma el papel muy seria, va en busca de sus anteojos y acerca la mirada. Lee: «Luego de macerar la noche anterior, poner a fuego lento, revolver todo durante media hora y cuantas veces sea necesario. Por un kilo de fruta, tres cuartos de azúcar». Honoria me mira. Algo dice de las frambuesas. Salgo de la cocina.

Los ingredientes permanentes: olvido, furia, malestar. Entre ellos tres me paseo.

En la mañana me siento mejor, de ahí que puedo recordar y buscar la luz. Mis recuerdos son usualmente de mañana. Ahora no, estoy cansada. Me duele la cabeza siempre.

Recorro ociosa la cocina. Encuentro en la despensa los potes de vidrio transparentes, esos grandes de texturas curvas que usaba mi abuela para macerar las cebollas en vinagre, o algún producto al escabeche. Toco la suavidad del vidrio y decido rescatarlos del olvido. ¿Cuándo haré yo recetas semejantes? Los transformo en floreros. Sobre los muebles de palo de rosa y de nogal en el living, uno, dos, tres cubos redondos de vidrio repletos de crisantemos naranjos y amarillos. Me extasío observándolos. Es bonito no esconder los tallos como en los floreros pensados para floreros y que aquí se entremezclen los verdes cilindros y se muestren en sus diferentes direcciones a través del vidrio. Que la flor no sea sólo su superficie, que lo transparente permita mirar el fondo, verlo entero. Por un instante, me hago la ilusión del sentido.

Ya no salgo a ninguna parte. La cama y la casa son mi único lugar. Ningún interés por salir fuera. En esta ciudad no existe la calle, no me estoy perdiendo nada. Aunque el *indoors* sea mi consigna por invalidez, es la de todos por estos lados.

¡Ciudad de inválidos!

Me habla de Nadine Gordimer. Victoria llega contenta porque le han dado el Premio Nobel a una mujer.

–¿La alcanzaste a leer antes?

Afirmo.

–Te lo leíste todo, todo de todo, ¿verdad?

Sonrío.

–Pero éste es nuevo. *La historia de mi hijo* –saca el libro de su cartera, siempre abultada, llena de objetos diversos.

–He encontrado la solución, Blanca. No tienes por qué privarte de la lectura si te gusta tanto. Yo te leeré en voz alta. He estado pensándolo y cada rato libre que tenga, me vendré para acá y te leeré. ¡Qué lata que vivas tan lejos y que yo no tenga auto! Si no, habríamos aprovechado los ratos más cortos...

Vuelvo a sonreírle. Ella sabe del agradecimiento de mis ojos y su expresión es radiante. Por fin ha encontrado una forma de contentarme. Yo le leí mucho a mi abuela cuando ella iba a morir y no podía ya hacerlo sola. Era un gran esfuerzo y yo terminaba exhausta, sin ningún goce por la lectura misma. Conozco la dimensión de ese favor.

Victoria cierra la puerta, instala una silla al lado de mi cabecera y su voz ronca comienza muy seria.

–La primera página lleva un soneto de Shakespeare: «Tuviste un padre, que un hijo tuyo pueda decir otro tanto» –lo relee en voz baja–. Mierda, me siento aludida –dice, guarda un silencio, luego–. Ya, ahora empiezo en serio:

«¿Cómo me enteré?

«Lo estaba engañando.

«Noviembre. No estaba yendo a clases; durante dos semanas los alumnos de los cursos superiores tienen permiso de quedarse en casa y preparar los exámenes».

Lee y lee.

Trato de retener. Le hago un gesto para que vaya más lento. Ella modula y se toma todo el tiempo necesario.

–¿Así está bien?

Mi cabeza afirma. Continúa.

–«Era un maestro de colegio en uno de los pueblos que habían crecido a lo largo del aurífero al oriente de la ciudad: Johannesburgo...».

Lleva una hora leyendo, sólo las pausas para tomar un trago de agua. A veces entiendo bien el sentido de las páginas... no siempre. Ella piensa que estoy cansada.

–Basta por hoy. Te he agotado, has perdido la costumbre. Mañana continuaremos.

Llega al día siguiente y toda la escena se repite.

–«Realmente la casa es bonita. Tres alcobas, sala, otro cuarto que nos puede servir para tu costura y para mis libros. ¡Imagínate! Podré tener un escritorio. Vamos a arreglar la cocina, te voy a hacer un rincón para el desayuno...».

Divago: esa familia en el restaurante de Puerto Vallarta. Comí sola en el pueblo. Unas langostas grandes, eso me apetecía, allí en el restaurante del frente de la gasolinera. Pasé por ese boliche que se llamaba Kiki y reí. En mi familia «las otras» se llamaban siempre «Kiki» y ojalá con K más que con Q. No sé bien por qué ni de dónde surgió ese nombre. Pensé en todas las Kikis del mundo. Yo no me sentía como una de ellas, por cierto. El Gringo no era casado y yo, la muy fresca, me sentía de otra raza. Pero no era tan ingenua para no sospechar que las había en cantidad y me encontré pensando por primera vez en Juan Luis. ¿Tendría él también una Kiki? No pude con ese pensamiento y seguí al restaurante. Me senté sola frente al mantel de cuadrillés rojo. Mientras me atendían miré a mis vecinos de mesa. Ella era una rubia gorda, su doble pera y su pecho hinchado dificultaban adivinar su edad. Él, muy joven, igualmente gordo. Deduje que ella también era así de joven y la gordura se lo escondía. Dos niños chicos comían a su lado. Todo era armónico, todos parecían felices, los dos niños, el hombre gordo y la mujer gorda. La distensión se respiraba en esa mesa del restaurante. Ella le sonreía con llaneza y él le respondía con complicidad. La gorda pareja y sus hijos parecían genuinamente felices. ¿En qué estarán hoy? Los gordos. Y las Kikis.

–«No quiero pensar que él finge que ella es rosa y gruesa y suave; como finjo yo en sueños, que les estoy haciendo cosas, a ellas, a las rubias en las páginas centrales, rasgadas, de la revista».

A la tercera sesión me doy por vencida.

Cierro los ojos. Victoria se detiene.

No termino de conocer mi enfermedad.

Me pongo a llorar.

Vuelvo obsesivamente a la retención. No es sólo un problema con la lectura. No retengo una frase en mi cabeza por más de un minuto. Al no decirlas ni escribirlas, se esfuman. La mente misma no retiene sino en palabras, en voces o letras. Al no plasmarlas, se van. «Tu firma es tu voz», leí en un afiche. ¿Y si uno no tiene firma ni voz? «Tu firma es la esperanza». No tengo firma, voz ni esperanza.

Ahora sólo viajo en la voz de los otros. Y eso, apenas.

Vuelvo al blanco.

Vuelvo a mis ojos. Nada o todo puede sino llegar ahí. Receptáculos del acontecer, mis ojos son el único sitio total.

Que me dé una seña de su presencia, le pido a Dios, alguna, aunque sea efímera.

Nada. Nada para mis pobres ojos mendigos. Mendigos ya de buscar la vida sólo a través de sus orificios.

Las horas muertas. Cada mañana tengo frente a mí doce horas muertas y enmudecidas.

Prendo la radio. Doy vueltas al dial. «Somos de Cristo o somos del Diablo...», dice la voz de un predicador. La corto.

Prendo la televisión. Diviso en la pantalla a ese perverso pajarito, Piolín, golpeando al gato mientras mantiene su cara de inocente. La apago.

Y entonces debo reparar en la música. La caja con los discos del Gringo. Ahí está, en un closet, sin abrir. No he tenido la fortaleza necesaria para hacerlo. Si no la tuve entonces, ¿por qué habría de tenerla ahora? El legado del Gringo: Schubert, Mahler, Mozart, Brahms. Si dejo a un lado mis recuerdos, estas horas muertas podrían aliviarse con esas notas, podrían ser del todo otras con esas notas. ¿Me insuflarían vida, como la respiración artificial a un ahogado? Gracias a Dios hubo alguien que me las enseñó antes de ser encerrada en esta jaula. Puedo retomarlas. Ahora ya no aprendo nada, no existen para mí los nuevos goces, salvo los anteriores, los que ya me fueron instruidos. (Y uso la palabra goce por un mero fluir de la costumbre; si fuese más rigurosa, jamás debiera volverla a pronunciar mi mente.)

Tan prohibido es en mí el recuerdo del Gringo que he suprimido también la música. Qué tonta he sido. Abriré la caja, instalaré el equipo en mi dormitorio, de todas maneras en el living no lo ocupa nadie. Al principio dolerá. Luego vendrá el placer y la música será música, dejará de ser la cama en el piso. Escucharé todos sus discos. Todos, salvo el Trío para Piano. Ése no. Ése, nunca más.

Vislumbro, suavemente, un suspiro salvador.

Trinidad me dice, mamá, yo soy la dueña de todos tus besos. Es raro, no lo había pensado, pero por cierto que lo es. Soy joven y no habrá más besos. Nunca más.

Mi sexualidad rota. Finita.

Entonces, en el amor, la sola unión de la carne era un

lenguaje. El silencio era un lenguaje gracias a la fuerza de la carne. Qué ironía, ahora el cuerpo sería el único en hablar y el silencio adquiriría un sentido. Ahora, que el cuerpo ya no habla. Ahora, que la carne no da la certidumbre de todas las cosas.

Soy un imbunche, amputada, cosida por arriba y por abajo.

Desesperada en mi ocio, entro y ordeno el dormitorio de Trinidad, y me siento en su cama aspirando los últimos olores a guagua que ya se van.

En los tiempos de mi abuela, las medias eran de seda y se zurcían. En el tiempo de mi madre eran de nylon y se les ponía barniz de uña para detener el punto que se corría. En estos tiempos son de cualquier material y se botan a la basura.

En los tiempos de mi abuela el consumo casi no existía. En los de mi madre empezaron a descubrirlo con timidez. En los míos ha llegado a convertirse en una actividad cultural.

Las muñecas. Mi abuela tuvo una a la que amó, vistió y adornó su cama eternamente. Rostro de porcelana, ojos de cristal, objeto único, inintercambiable. Mi madre no tuvo más de dos y yo, no más de tres. Pero entre las tres estaba la Jo. Así se llamaba mi muñeca. Era de goma negra, rulitos en relieve sobre su cabeza color chocolate. Yo adoraba a la Jo y las otras dos pasaban a segundo lugar. Trinidad tiene veinte muñecas y ninguna es de verdad querida. Todas son prescindibles y las preferencias no duran más de una noche. En la vida de Trinidad no hay espacio para la Jo. No por ser negra ni de goma, sino por ser una de muchas. Cuando yo hago orden, como hoy día, boto restos de muñecas que Trinidad ni siquiera alcanza a echar en falta. ¿Puede ella amar realmente ese plástico rosado de las Barbies actuales?

En los tiempos de mi abuela –me lo explicaba ella nada se echaba a la basura. Tampoco la experiencia. Un beso era casi único en la vida y se atesoraba. El dolor se guardaba con rigor para no olvidarlo. Así aprendieron de él. En los tiempos míos, medias, dolores y besos, todo se consume, todo se rompe, todo se desecha.

Trinidad y la abuela no se conocieron.

Las manos del Gringo eran nerviosas y alertas. Diestras eran sus manos. Las mías son torpes. He accedido a bordar un poco para que me dejen tranquila. Elegí bordar alfombras, me pareció menos evidente que hacer pañitos o manteles. Me pincho con la aguja. Se me confunden las lanas de distintos colores. Cuando ya me he sacado sangre del dedo, la tiro al suelo y miro la luz por el ventanal.

Uno hace con sus manos lo que vio hacer a las manos anteriores. Por generaciones, las manos de las mujeres del campo han frotado la tierra y han lavado en la artesa. Las de la ciudad han picado la cebolla y han acarreado la bolsa de la feria. Ambas han dejado sus huellas en la masa del pan, en la madera de la escoba. Otras en los palillos y en las agujas. Y hubo algunas que tomaron un lápiz, escribieron cartas, apuntaron en diarios, en libros..., de esas manos vienen las mías.

Y Trinidad, ¿qué harán sus manos si han visto las mías ociosas?

Mientras Juana, con una pierna sobre la otra, se instala a leerme el diario, miro su traje de dos piezas color café, de *pied depoule*. No me gusta ese tono de café. Hoy tiene puesta la prótesis con su cuidadoso guante. Vuelvo la vista atrás, a la fiesta aquella de hace tres años.

Estábamos sentados alrededor de una mesa en el pasto bajo el gran toldo, llenos de *petites bouchés* y tragos de diversos colores. Asistía también una nueva estrella de la televisión -una de esas estrellas fugaces-, bonita y engreída. Gregorio la cercaba. Ella no alcanzaba a querer algo y ya su deseo se cumplía. Apenas sacaba la cigarrera, el encendedor se prendía ante sus narices, así con el trago, la silla, todo. A pesar de esto, ella no parecía excesivamente seducida. Gregorio le hablaba de mil cosas, nosotros mirábamos de lejos, yo con pena por Juana, los otros con sorna. Hasta que Pía exclama.

-¡Mírenlo, por favor! Está abriendo su billetera y le muestra su colección de tarjetas de crédito.

Todos centramos los ojos en aquel rectángulo de cuero y efectivamente: una gran cantidad de tarjetas alineadas destellaban. Ella abrió su boquita, por fin impresionada.

-!Qué horror, arribista de mierda! -casi grita Victor-. Recurrir a eso...

-Algo dice de ella también -interrumpió Sofía-. Si eso es lo que la seduce...

-Pobre Juana -murmuré-. Qué mala suerte el marido que le tocó.

-¿Le tocó? -terció Sofía con desdén-. ¿Le tocó? ¿Acaso los maridos «le tocan» a una, no se eligen?

-*Sorry*, pero con un brazo menos no tenía mucho donde elegir -sentenció Víctor.

-Claro -agregó Felipe- el huevón era un don nadie y ni cagando se hubiera pinchado a una niña bien.

-O sea -intervino Sofía irónica-, cambió el brazo ausente por el estatus, ¿cierto?

-Exactamente, y bien le ha ido, después de todo. Puede darse lujos como tirarse a las modelos de la tele, porque, total, la Juana está hipotecada...

Alfonso miraba la escena con disgusto.

-Hay algo que falla en la sensibilidad de este hombre. Parece que careció de algunas cosas elementales para tener más humanidad: haber comulgado en su infancia, haber tenido unas hectáreas en Colchagua o haberse preocupado de los pobres en los años sesenta. Pero si se las saltó todas, ahí lo tienes, conquistando con tarjetas de crédito.

Despierto. Juana me lee la sección del cable. Algo sobre carne de rata dentro de las salchichas en un pueblo ruso. Como es mi nuevo hábito, no le pongo atención. Me aburro, me aburro, me aburro.

Llega Sofía. Se instala a mi lado y conversa -monologa- el largo de un cigarrillo. Tiene prisa, como es su hábito, las llaves del auto en la mano. Ni el café se lo toma sentada. Comenta algo de Alfonso, problemas con una paciente, una primípara añosa. Me mira divertida, sorbe de la taza.

-Los hombres definitivamente no tienen aparato síquico. Es una la que vive todas las depresiones que ellos se niegan. Cada vez que tomo un Bromazepan le pregunto a Alfonso, ¿te pasa algo, mi amor, estás deprimido? ¿Por qué me estoy tomando yo este calmante?

Me río. Sofía me mira y hace el gesto que veo en todos, el de la impaciencia. Dice que no le gusta mi risa, porque su mueca se parece al llanto.

Sofía es sicóloga, Sofía escribe libros y es invitada a exponer en los seminarios. Sofía nació en un pasaje del centro y su madre enfermera entraba cansada cada tarde con el delantal blanco bajo el brazo, abandonada -inexistente el padre de Sofía- volvió a casarse y la educó y la convenció de su valor. Sofía tiene autoestima, Sofía es importante. Sofía es inteligente y siempre tiene razón.

Llega Victoria, visiblemente molesta. Se desprende de sus muchas lanas y las tira en el sillón.

-No ando vestida para calefacción central -dice sofocada.

Honoria le trae un café con leche y tostadas. Pero ella insiste en pasearse por la pieza. Luego suelta su rabia.

-Lorena está embarazada.

Me tapo la boca con las dos manos. Antes hubiese dicho «¡Dios mío!». Mi forma de decir hoy Dios mío es tapándome la boca con las dos manos.

-Como cualquiera de esas madres solteras adolescentes, las que reinciden. Eso es lo que más me duele. Yo trabajé una vez con esas chiquillas, Blanca, y sé lo que digo. El problema de ellas no es de ignorancia sexual, de órganos, de cómo funcionan. Es sólo falta de afecto.

La miro preguntando.

-Y cuando le dije, furiosa, por qué mierda de nuevo, Lorena, después de todo lo que hemos hablado, ella me respondió: «Porque me abrazó y lo sentí tan calentito». ¿Te das cuenta, Blanca? No es por calentura, ¡es por calor!

Pienso en Lorena, en que al final Victoria no me explicó tantas cosas.

-Así de hambrientas, ¡están dispuestas a creer cualquier cosa! Si, después de todo, la reincidencia no es más que eso: una promesa defraudada otra vez...

Cojo su mano y se la estrecho con fuerza.

Traspaso calor de mi mano a la de Victoria, siempre fría, y dentro de mi silencio me atrevo a afirmar que no hay soledad que se compare a la de ser una mujer.

HASTA hace poco tiempo no sabía que la afasia existía. Evidentemente, ya se han preocupado de que me entere. Pía dice que en esos días en la clínica fueron tantos los casos que les contaron, que parecía no haber una familia en la ciudad que no albergase a un afásico.

Los imagino. Imagino cómo los ven, cómo los tratan, cómo los ignoran, cómo los rechazan, cómo les sobran a todos a su alrededor. Además les deben hablar fuerte y les hablarán también como si fueran niños. Deduzco que mis nuevos compañeros están completamente abrumados: el mundo se les ha venido encima, el cielo se ha estrellado sobre sus cabezas. Al sentir que no controlan nada, se convierten en personas absolutamente insoportables. Pienso y pienso, trato de pensar, y entiendo que mi opción debe ser la nada. El empeño por recuperar parte de lo perdido e intentar funcionar nos transforma en monstruos. No ando tan desubicada. La cama, el retiro del mundo, lo que no hago..., ese es el mejor camino. Un terapeuta pondría el grito en el cielo. Pero no me convencería. No hacer nada para no convertirme en ese personaje repelente que podría ser si intento integrarme a la vida.

No necesito estar fuera ni dentro de nada. Sencillamente no necesito *estar*.

Obsesión. Otro nuevo elemento. Giro en la obsesión. No recuerdo muchas cosas, pero cuando recuerdo, me impregnan, me perturban, me repiten, me taladran.

Íbamos camino al río.

Ese sol de verano en el campo, ese sol, no otro, distinto de cuántos soles que me han alumbrado, ese sol me daba sed. Los caballos trotaban, quizás sedientos también. Marcial, el administrador, me llevaba al anca de su alazán. Alfonso montaba su propio caballo, apenas capaz de sujetar las riendas, enormes tenazas de cuero frente a su cuerpo minúsculo. Pía, en su anca. Mamá, preciosa y olorosa, iba tendida con mi abuela en la carreta sobre sacos de trigo, pañuelo en la cabeza y anteojos de sol, se protegía del viento, de la tierra, de lo polvoriento. Polvo por todos lados en esa materia seca y estival. El brazo de mi madre iba sobre un cabestrillo, fracturado por una mala jugada de la conducción de papá. Un accidente menor para ellos, mayor para la camioneta, y más grande para nosotros que veíamos a los bueyes y no a los motores cargar a mamá.

Llegamos por fin a la ribera de esa agua verde oscura. Mágicamente los inquilinos desaparecieron, nunca cerca nuestro a la hora del baño. Mi abuela se tiró debajo del quillay. Lejos de nosotros, instaló bien su chal escocés con sus mil flecos y pidió que fuésemos respetuosas con su sueño. Alfonso, Pía y yo nos sacamos la ropa, y en nuestros pulcros trajes de baño –que debíamos usar al nacer, porque aun cuando éramos guaguas de un año estaba prohibida la desnudez– metimos los pies al agua. Mamá siempre se bañaba con nosotros y nos enseñaba los primeros aleteos para aprender a nadar. Lamenté que por su yeso no nos acompañara.

–¡Sólo los pies! –gritó, con un dejo de amenaza en la voz.

–Yo ya sé nadar –protestó Alfonso.

–¿Nadar? –mamá se rió como si el verbo le quedara grande–. ¡No se alejen de la orilla!

Abrió su bolso con el tejido y se sentó en un peñasco donde pudiese observarnos. Fue entonces que divisó la balsa.

-¿Qué hace la balsa aquí? Siempre la he visto en la otra playa.

-No siempre, mamá, los campesinos la usan para cruzar la cosecha por esta parte del río -Alfonso lo sabía todo.

Mamá se levantó y se acercó a la balsa. Su gesto era casi travieso, quería subir, siempre le gustó. Frágil como ella la balsa, poca madera, leve, siempre a flote. Pía y yo sumergimos brazos y pies en los charcos, siempre de barro; aún no el agua, éramos muy chicas. Hacíamos figuras en este barro cuando vimos a mamá subir. El tejido sobre el peñasco abandonado, los zapatos en la tierra, su brazo derecho en cabestrillo, tomando con el izquierdo el palo largo que hacía las veces de remo. Jugando con el agua comenzó a avanzar. Canturreaba, su piel estaba tostada por el sol y era feliz. Pía y yo gritamos al unísono.

-¡Espéranos, espéranos! ¡Llévanos contigo!

Nos miró algo molesta. Quizás el estar sola sobre la balsa en esa intimidad a la deriva era parte del placer. Nosotras insistimos que nos llevase. Mamá nunca resistió nuestras obstinaciones; era muy perezosa para sostener sus negativas.

-Bueno, bueno..., súbanse, aún topan...

Era la parte baja y efectivamente nuestros pies tocaban el fondo. Caminamos por el agua hasta la balsa y dichosas nos subimos.

-¿Puedes remar con un solo brazo? -le preguntó Pía.

-Puedo -sonrió ella todopoderosa. Siguió remando y canturreando. Avanzamos casi sin percatarnos río adentro.

-Enséñanos esa canción -le pedí, gozando de estar sentada en la balsa, con las piernas colgando en el agua y con mamá al lado.

-Si Adelita se fuera con otro...

-Si Adelita se fuera con otro... -repetimos Pía y yo.

–La seguiría por tierra y por mar... –levantó la voz en «y por mar», cambiando la entonación. Pía y yo tratamos de seguirla.

...por tierra y por mar...

Por tierra y por mar, por tierra y por mar, y de pronto algo surgió. ¿Una roca inesperada, el descontrol del remo, una corriente subterránea...? No lo sé, pero la balsa se volcó. Mi pequeño cuerpo fue expulsado de esos pocos metros de madera, y pequeño como era, no pudo mantenerse a flote. Como si tuviera pesos en los pies, me hundía, me hundía.

Mamá y Pía también volcaron junto con la balsa, que ya se alejaba deslizándose por su cuenta. Mamá, con todo su hombro y su brazo inmovilizado por el yeso, un solo brazo para nadar, para salir a la respiración, una sola mano para tender, para sujetar, para echarse una creatura al hombro y tratar de avanzar hacia la balsa o hacia la orilla, aún más lejos. Una sola mano y dos hijas en el agua.

A diez metros estaba la balsa, volcada pero a flote. Yo no sabía nadar, cinco metros o veinte me eran igual.

–¡Mamá! ¡Mamá! –salió mi cabeza a la superficie y gasté el aire que mis pulmones lloraban llamando a mi madre.

Pía tampoco lograba mantenerse en la superficie. Su pequeño cuerpo pataleaba, se hundía y volvía a salir a flote, volvía a hundirse y también ella, mamá, sálvame, mamá. Su manito se estiraba esperanzada, como la mía.

Mamá, con nosotras al frente y la balsa a sus espaldas, hacía esfuerzos desesperados por no hundirse con su yeso y su único brazo libre. Lo estiró, calculando tomar a una de nosotras, ambas a exacta distancia de ella, y llevarla –como fuera– hasta ese pedazo de madera que la salvaría.

En el revuelo de agua verde que salpicaba, los gritos que ensordecían, mamá avanzó... Aguanté sobre la superficie esperándola como el último gesto –la voluntad misma– que mi cuerpo realizaría, con mi última limitada fuerza. Yo no podía ir hacia ella, ella sí podría llegar hasta mí, con yeso y dificultad, podría llegar... llegaría. Entre ese terror y ese anhelo, alcancé a ver el miedo en su rostro.

Ambas manos pequeñas imploraban.

Mamá tomó la de Pía.

Yo me hundí en el agua.

El epílogo de la historia es que no me ahogué gracias a Alfonso, que desde lejos vio lo que pasaba y se puso a gritar desaforadamente. Llegó Marcial al instante, con la misma magia con que antes había desaparecido. Nadó como un furibundo y me sacó inconsciente, mientras mamá y Pía miraban desde la balsa. Rápidamente me hizo respiración artificial y movimientos en el tórax.

Cuando al final abrí los ojos, como saliendo de un largo y oscuro túnel mojado, vi sobre la loma a mi abuela mirando esta escena, paralizada.

Nos llevaron de vuelta a casa en la carreta, forraron a Pía y a mamá en los sacos vacíos y a mí en el chal escocés.

Mi abuela -quien hizo el relato oficial al resto de la familia, nada veraz- me llevó a su dormitorio, el mejor de la casa. Me dieron infusiones, aguas calientes y yerbas y ella no se separó de mi lado ni de día ni de noche. A mamá la llevaron a la ciudad a arreglar el yeso y no recuerdo haberla visto por unos días. No recuerdo haber vuelto más a esa playa, ni recuerdo haber vuelto a ver a Marcial.

Lo único que recuerdo es que nunca, nunca se habló del tema, ni siquiera entre Alfonso, Pía y yo. Tampoco mi abuela: jamas lo mencionó.

VERDE el agua del río.
Verde el paño de la mesa de pool.
Verdes los ojos del Gringo.

El verde y el blanco siempre en mí. Pienso en Moby Dick, pienso en la obsesión.

Segunda parte
(EL MAR)

Puerto Vallarta. Crucial, un hito: el momento preciso en que pude haber avanzado o retrocedido, en que pude haber determinado yo en vez del destino.

Yo debía ser exitosa y como tal resolví enfrentar de la mejor manera un tema muy delicado en la vida de las mujeres: los cuarenta años. Me prometí a mí misma que el día aquél amanecería frente a un ventanal que sólo me mostrara palmeras y mar azul, lejos muy lejos de todo lo que me acongojaba . Se lo propuse a Juan Luis. El quiso Miami, que era más normal, que México no le tincaba. No, debe ser más lejos, Juan Luis, todos van a Miami, debe ser más único; más inalcanzable. Sorprendido de que yo me diese importancia, accedió. Se lo propuse porque necesitaba desesperadamente defenderme. La lejanía debía hacernos bien, debía reconstituirnos.

En Puerto Vallarta las urracas vuelan bajito y cuando hay tormenta los truenos remecen la tierra. Como si la fuesen a arrasar, la línea del horizonte se difumina y se pierde la noción de dónde acaba el mar y dónde debe empezar el cielo. También hay cerros como verdes cortinas, ese verde frescor que sólo se salpica con nubes blancas de algodón, como los dulces que comía de chica a la salida de misa los domingos. Lo cierto es que ese verde era el verde de la selva, de la Sierra Madre. Pensé en Humphrey Bogart.

En Puerto Vallarta la franja de tierra entre mar y selva está hecha pueblo, pueblo colonial con bahía de John Huston, con arquitectura respetada hasta por la ITT, hoteles que ajustaron sus formas a ese espacio. En Puerto Vallarta los pelícanos pasan volando como aeroplanos.

Allí fui a cumplir mis cuarenta años. Muy seria esa noche, en la vigilia de mi cumpleaños, mientras Juan Luis dormía, me levanté de la cama en mi suite del Buganvilias Sheraton, me dirigí al baño, prendí todas las luces de los espejos de la sala del tocador y me despedí de mí misma.

–De *esta* mí misma –murmuré frente a mi imagen, la que miré por última vez sin tener cuarenta. No sé si con alivio o con pena, probablemente ambos mezclados, me dije seria: adiós, Blanca.

Volví a la cama y me quedé dormida.

Es que vino esa tormenta feroz.

Yo estaba sola. Tumbada bajo las palmeras mirando esos cocos que llamaban a treparse en ellas, gozaba del sol cuando Juan Luis decidió salir por la playa a caminar. Quería recorrer todos los clubes y hoteles que habitaban este pedazo del Pacífico. Me dio flojera acompañarlo y permanecí en ese bienestar profundo, hasta que me lo arrancó un trueno.

Comenzó la tormenta y él no estaba. Me levanté espantada, traté de correr a mi habitación y no pude avanzar por la fuerza del viento. Vi como todo volaba. Temblé con cada rayo y cada trueno, recordando por fragmentos las noticias leídas sobre ciclones y huracanes, tragedias geográficas de las que no sospechamos en mi tierra, tan abajo de la línea del Ecuador. Ya en el dormitorio, y luego de haber tomado un trago directo de la botella de whisky que Juan Luis guarda sobre el bar, fijé los ojos aterrados en el ventanal. Cielo y tierra comenzaron a confundirse. Y súbitamente un temor -loco, irracional- de que Juan Luis no volverá. Que la tormenta se lo llevará. Las olas enojadas lo tomarán y lo harán volar entre el aire y el mar. Y desde la altura de mi ventanal lo veré, siendo arrasado sin poder intervenir, como un caballo de Chagall, y desaparecerá entre las hojas de las palmeras que aúllan. Es el viento el que grita, pero los rayos gritan más fuerte y la voz de Juan Luis no volverá a oírse. Concentrada en la loca posición de las palmeras que se inclinan y se inclinan, creo que Juan Luis no volverá. Y comprendo que no quiero que él vuelva.

Ese es mi momento alucinado. Que Juan Luis no vuelva, me dice el delirio. Que no vuelva.

Y cuando Juan Luis volvió, empapado y alegre, me tiré a sus brazos y le agradecí su regreso. Pero nunca más podría ignorar lo que mi yo, o mi otro yo atrapado en la locura de la tormenta, un yo delirante que no reconocería como propio, había deseado.

Escindido y todo, el deseo había sido formulado y eso era irreversible.

Inclemente el sol, inclemente el recuerdo, inclemente conmigo el latir de Puerto Vallarta.

Me instalo en aquel bar que da al Pacífico y respiro. Juan Luis ha ido por unos días a Nueva York, volverá a recogerme. Fue una conquista esto de quedarme sin él, yo no suelo quedarme sola en ninguna parte.

Busco el sol, busco el sol acompañado por la soledad. Espero que ello no sea signo de extravío. Debo poner en orden esta masa que es mi cabeza.

Húmeda de trópico, la humedad de Puerto Vallarta me sugiere que ya no existe para mí humedad inocente.

Es cierto que entre sudores en la tormenta los lugareños me dieron mezcal. Que servía para espantar el miedo. Temo mucho. Por eso pido el mezcal, su botella con gusano y todo, no le hago ningún asco. Temo.

La última tarde en Avenida Grecia, me despidieron con sopaipillas hechas por la señora Yolanda. El Gringo está de buen humor, habla mientras come una sopaipilla, yo lo regaño al oído, no se habla con la boca llena, se ríe de mí, que soy pije, me dice y no muy segura, río yo también. El sabor de la manteca y el zapallo mezclados con los colores del Gringo. Me mira con complicidad, con toda sensación agigantada por sólo estar frente a los demás como si apenas nos conociéramos, como si él fuese un amigo más de Victoria, y nos miramos viéndonos por debajo de la ropa, enorme esa intimidad mientras simulamos, deliciosa esa intimidad, porque es sólo nuestra, y me pasa una sopaipilla y su mano me roza sutil y mi piel responde, el Gringo sabe cómo responde mi piel, mi amante, cuya inflexión en la voz cambia al decirme Blanca y sólo yo lo noto, yo sé qué dice cuando dice Blanca. Y me gusta estar así con él, rodeados de gente, no quiero esa pura soledad de la cama a ras del suelo, quiero una soledad de a dos que pueda compartir algo de vida ajena, que pueda ponerse a prueba en el ser que no es íntimo, en el yo que existe más allá de su pecho, quiero amarlo también cuando le habla a los otros, no quiero engañarme en el solo llamado que me hace dentro de las cuatro paredes de ese departamento del centro de la ciudad, puede ser un llamado tan subjetivo el de los amantes, yo necesito comprobar al Gringo, fundarlo más de allá de mis fantasías, confirmar su existencia más allá de mi imaginación, asegurar la veracidad de ese ser que no es sólo mío. Necesito, al fin, constatarlo ajeno a mí, en el tono que se dirige a Victoria, en su calor con la señora Yolanda, en la forma que alza en brazos a Bernardo y lo hace tocar el techo, en la impaciencia con que le pide a Lorena que no se ofusque, en la dureza con que a veces discute. Quiero amarlo en su dimensión real y la palpo como un privilegio. Los amantes clásicos, encerrados en su necesidad, no suelen -o no pueden- hacerlo.

Me inquietó Victoria ese día. Sentí miedo frente a un rostro que pierde, o está perdiendo, el dominio de su expresión. El Gringo me dice más tarde, me dice que todos estan así, que la extroversión de Victoria habla por los demás, que han debido vivir todas las muertes de nuevo a raíz del informe de la Comisión y de la espera.

-Empezaron una nueva búsqueda, ya no la de su padre, sino la búsqueda en la memoria, de datos, testimonios y recuerdos, reconstruyendo fichas, radiografías dentales, huesos. Todo ello ha movilizado en Victoria angustias y culpas en torno a su papá y a la posibilidad de corroborar su muerte.

-Me cuesta entenderlo, Gringo .

-Es que la vida se les ha dado vueltas, Blanca, en lo bueno y en lo malo. Cuando salieron las primeras noticias en los diarios, ellas nos confirmaron que no había sido una fantasía alucinatoria, sino que realmente la gente había sido detenida, desaparecida, asesinada y luego enterrada sin sepultura. Fue como aprobar el examen de realidad negado durante años.

Lo miré, no sé qué mirada fue.

-Todos miran con esos mismos ojos tuyos, que callan educados, pero que por dentro gritan: no sigas, no quiero saber, no me envenenes.

Era tan duro el Gringo a veces.

Cada sílaba revoloteando en el olor de la madrugada, cuando fui al día siguiente a tomar el avión que me trajo hasta aquí, a Puerto Vallarta. El amanecer en mi ciudad, aquel olor mezclado entre el pan recién hecho y el alquitrán. Y yo, tomada del brazo de Juan Luis, convenciéndome, tratando de convencerme de que el Gringo no tenía razón.

HASTA que encontré la casa de John Huston. No la de la bahía, a ésa sólo se accede por el mar, sí la del pueblo, la que lo enamoró de este lugar. Quise a Huston, recién muerto, hasta el último día aquí en Puerto Vallarta. Lo amé por todas sus películas, por haber llevado al cine el libro preferido del Gringo, amaba tanto *Bajo el volcán*. Camino hacia el hotel, sintiendo la cosquilla de esa arena blanca. Pienso en las iguanas, en la calentura de la Elizabeth Taylor con Richard Burton que empezaron aquí su amor, bajo estas palmeras los primeros besos de esos dos y pensé en la pasión que sale en los diarios y en la mía tan callada y también pensé que empezar el amor en Puerto Vallarta debe ser tan húmedo, me habría gustado ser yo la de *La noche de la iguana*, me habría gustado hacer algo importante, si hubiese tenido las pechugas de la Taylor, quizás toda mi vida habría sido distinta.

Vuelvo a la habitación y llamo al Room Service. Pido tacos, me gusta la comida mexicana.

Sentada en la mesa de mi suite, con todo el mar al frente, devoro mis tacos y un pedazo de pollo. Lo destrozo con las manos aceitosas y recuerdo casi con verguenza a mi abuela puntualizándome que ella comía exactamente igual «sola en mi cuarto o frente a la Reina de Inglaterra» y me siento levemente decadente cuando miro hacia atrás y la veo hasta el último día comiendo con sus cubiertos Cristophle y sus copas de cristal tallado, aunque fuese en una bandeja frente a la televisión. Tomo un trago de coca-cola en vaso plástico y vuelve mi abuela. Mucho de lo suyo pudo desmoronarse, menos las cosas que le dieron identidad. Aquellas la acompañaron hasta el final. Y mi confusión es grande. No quiero pensar en identidades cuando estoy diluida, diluida hasta el punto de no saber quién soy.

No nos engañemos, Gringo. Yo también soy ésta. Con o sin inquietudes de identidad, mi mundo es éste, te guste o no. Mi mundo es el de los resorts en un balneario como Puerto Vallarta, el de las cremas Clinique que llevo en el bolso, el de los pasajes Clipper Class, el de los BMW para los maridos. Y el de las langostas que comimos esa noche con Juan Luis, cuando partió a Nueva York, cuando me tomó, cuando cerré los ojos y le di la bienvenida y pensé: es mi marido, tiene todo el derecho.

Las mujeres de mi especie, Gringo, no tocan el suelo con la cara.

Entre nosotras, nos olemos y sabemos que somos de las mismas. Una palabra dicha basta, el código es universal y nos reconocemos en él.

Las mujeres de mi especie, Gringo, tememos mucho. El entorno es difuso y mucha energía ha sido puesta a su servicio por transformarlo en contorno de formas sólidas. Para poder asirnos, espantar el miedo a que las manos nos queden sueltas.

Por lo único que damos la vida es por lo concreto, por cuerpos que reiteren nuestra existencia, el cuerpo de un hombre, de un niño o de la tierra, mientras las particulas puedan tocarse.

Parte del patrimonio de las mujeres de mi especie es que nos crean más tontas de lo que somos. Nuestra potencia es un secreto bien guardado. Somos las fieras animales cuando se trata de defender lo nuestro. A veces lo nuestro se tiñe con ojos queridos o con la madera envejecida del portón de la casa, mientras ese nuestro se remita inequívocamente a nosotras mismas.

Las mujeres de mi especie se pasan pocas películas. Saben con exactitud las líneas del dibujo que las limita. No incurren en sexos ajenos ni escalan a la nube rosada del romanticismo. Sabemos perfectamente a qué atenernos. Y si alguna se extravía, es sólo por un rato, y vuelve en la más total discreción.

No te equivoques, Gringo, no perdemos la brújula con facilidad. Una de cada mil la pierde, y la pierde con todo, lo cual implica también cierta grandeza. La historia se ha escrito al margen de nosotras, pero nosotras mismas la hemos moldeado desde atrás. Nuestra invisibilidad es nuestro capital. Desde ese invisible actuamos a nuestro antojo y todo marcha como nos lo propusimos hace siglos.

A las mujeres de mi especie les atrae que otras mujeres saquen la voz. No la sacaremos nosotras, no nos gusta chillar. Miramos a aquellas otras con un dejo callado de admiración, pero con la sabiduría que nos han traspasado, esa sabiduría que nos advierte: más vale no optar por la valentía. Se nos difuminan aquellas otras mujeres al corto andar, las vemos patéticas, aún aceptando que somos salpicadas por su ayuda.

Estas de mi especie han sido las dueñas de la historia y del país, no las Victorias cuyo lamento se suma a tantos otros para ser acallados al primer cambio del cielo. Ni las Sofías, que en su exceso se han quedado con la pura dureza.

Las mujeres de mi especie, Gringo, no enarbolan banderas. Tienen el buen juicio de saber que tarde o temprano todo mástil se tambalea en su propia base y que no hay tela que resista mucho tiempo al viento.

Las mujeres de mi especie saben entornar los ojos y les quedó el hábito ancestral de mirar por sobre el hombro. Es que una rara y contradictoria seguridad va plasmada a esos ojos y eso es lo único que hace tolerable la inseguridad cósmica que da el existir.

Estas mujeres son más sarcásticas de lo que sus hombres imaginan, y más despiadadas de lo que sus hijos creen. Nuestro virtual sometimiento y nuestra aparente cobardía son las cartas que mostramos, las otras están ocultas. Las mujeres de mi especie no se arriesgan.

En las mujeres como yo, Gringo, el alma es menos escurridiza. Nos atrincheramos en nuestras creencias; éstas nos cubren protectoras, y la fe es nuestro gran escudo y aliada.

Las mujeres de mi especie invocan el nombre de Dios. Y no lo hacen en vano.

Busco el olor de Juan Luis en la pieza. No lo encuentro.

Mi olor ha cambiado. Creí que Juan Luis lo advertiría. Es el mismo cuerpo, el mismo Van Cleef and Arpels, el mismo desodorante, la misma ducha diaria, las mismas cremas. Pero ya no es mi olor. Como si mis hormonas secretaran otros fluidos. Como si el olor del Gringo se hubiese mezclado con el mío, engendrando uno nuevo, distinto, que no pertenece a nadie, ni siquiera a él ni a mí. Quizás Juan Luis nunca buscó mi olor y no se da cuenta que ya no lo encuentra.

Yo me hago amiga de mi nuevo olor.

Y caigo en cuenta de que el olor de Juan Luis tampoco es el mismo. No sé si aún, estando a oscuras, podríamos distinguirnos.

Juan Luis y yo somos los de siempre. La misma sustancia, los mismos hábitos, los mismos gestos entre los dos. Tantos años juntos nos han hecho parecidos y nos reconocemos uno en el otro. Todo está igual. Lo único que ha cambiado son los sentimientos. Y eso no puede verse. Los ojos no llegan a esos espesores.

Siento que se me arranca mi propia sombra, como Peter Pan.

Tumbada en la piscina, con una Margarita que me acompaña cuando no lo hace la piña colada en su enorme carcasa de coco con la flor al centro, el sol me convierte en una perezosa lagartija. Y lo sería del todo si a mi mente no acudieran tantas imágenes.

Victoria, mi Victoria.

–A mi mamá no debemos abandonarla, no debemos separarnos de la familia. Sería desleal que ella perdiera lo único que ha justificado su existencia luego de que papá desapareció. ¿Te imaginas, Blanca, qué sentimientos de angustia por la pérdida volverían a ella? Hemos debido reemplazar a papá -idealizado, claro-, asumiendo todas las funciones de madre y de padre, acogiendo y satisfaciendo a mamá, ayudándola a disminuir sus sentimientos de culpa y humillación.

-Pero, ¿no sería eso natural frente a cualquier muerte?

-No. Nosotros debíamos rehabilitar la imagen de nuestro padre y de la familia. Debíamos ser buenos estudiantes, buenos profesionales, tener buenos matrimonios. Nuestra obligación era ser fuertes y salir adelante para demostrar que a pesar de todo lo que nos habían hecho, no nos habían derrotado.

Se trenza su enorme pelo, gesto tipico de Victoria cuando quiere sugerir que no es importante lo que dice.

-Doble tarea, Blanca. Debíamos vivir alrededor de la familia -organizada en torno a nuestro drama- que nos impedía cualquier autonomía. Sin embargo, también debíamos ser el puente de mamá con la vida. Yo sentía que mi deber era comenzar a vivir cuando ella dejó de hacerlo y demostrar que me la podía, a pesar de mi trauma. Era todo contradictorio, ya que cualquier éxito fuera de la casa, que sí me era exigido, terminaba siendo una forma de separarme de la casa.

-Qué complicado -comento mientras tomo la bombilla del mate y se la paso a Victoria.

-Yo intentaba cumplir todos los mandatos, créeme.

Y al mismo tiempo me rebelaba contra ellos. Y en esa pelea interna, difícilmente distinguía mis propios impulsos o mis propias necesidades.

Levanto la vista y nuestras miradas se encuentran.

-Eres lúcida, Victoria. ¿Cómo has logrado comprender todo esto en tu interior?

-Sofía. Sin Sofía, sencillamente me habría ido a la mierda.

¿Cómo me atrevo yo, Blanca, a hablar de un yo diluido, cuando el de Victoria no tiene siquiera contornos? Ella me lo dijo: tú tienes sentido común, y lo tienes a raudales; soy yo la que estoy perdida. Tomo un trago de mi Margarita y presiento que Victoria está sufriendo. Me levanto bruscamente de mi silla frente al mar, subo a mi habitación y tomo el teléfono.

Hay demora para Santiago de Chile, esperaré, no tengo nada qué hacer. Me quedo dormida.

El llamado a Chile nunca llegó. En cambio, me despertó uno de Nueva York.

-¿Cómo lo estás pasando?

-Estupendo.

-¿Cómo es eso? ¿No me echas de menos?

-Sí, pero como es la primera vez que estoy sola en otro país... Me siento como si fuera un hombre.

-Con lo protegido que es ese resort... Espero que no andes merodeando por el pueblo.

-No -le mentí-, ¿cuándo te vienes?

-Creo que todavía tengo para un par de días. Pero llegaré con muy buenas noticias.

-¿Otra bonificación?

-No, Blanca, hablo de noticias más sustanciales. Ya te contaré.

-No, Juan Luis, no me dejes con la curiosidad. Adelántame algo.

-Allá te lo cuento.

-No seas pesado...

-¿Cómo te verías viviendo frente al Central Park?

-¡No me digas que te ofrecieron un traslado!

-Es un súper ascenso, Blanca. Este es el golpe de mi carrera... Blanca, ¿estás emocionada?

-Sí, Juan Luis, sí... Pero tienes razón, mejor lo hablamos cuando llegues. Te espero.

Le corté rápidamente.

Me levanté de la cama con dificultad y avancé hasta el baño. Urgué en mi bolso de cosméticos una cajita de plata, extraje de ella una pastilla blanca y me dispuse a pasar la noche. Tenía la garganta cerrada, el pecho con congoja. Mi cajita de plata era un regalo que Juan Luis no conocía, tampoco las pastillas que guardaba. Pobre Juan Luis, pensé, me sigue creyendo sana. Y recordé el botiquín de Victoria, el que yo llamaba «el valle de las muñecas». Traté de recordar todos esos nombres: Ranitidina, Ranitax Nocte, Modival, Aurerix, Robipnol, Diazepan, Bromazepan, Dormex, Valium, Lexotanil. Y mi hermano Alfonso despachando recetas ante la insistencia de Sofía. Claro, mi cajita de plata era inocua frente al botiquín de Victoria.

Nueva York. Dios mío, Dios mío...

Nada habría estado más lejos de mi imaginación un año atrás, esto que Nueva York no me produjera una explosión excitante. Y cuando me encontré indiferente frente a una obra en Broadway o a un sweater de hilo en Brooks Brothers, no me reconocí.

Ahora sí. Destapada. Desacatada. Descorrida. Destemplada. Trato de soñarme a mí misma, me sueño otra que no soy. Me sueño como esos ojos –¿esmeraldas eran?– que me vieron. Me veo atrapada en mi visión de mundo y le peleo, le peleo. Mentira. También hay otra y yo lo sé. Debo ganarme a pulso la visión mía y equilibrarla con la de Victoria. No quiero perderme, le digo a las urracas de Puerto Vallarta.

Santiago de Chile.

Mi pueblo es el cielo, como dice aquella canción.

–EL mundo del Gringo y el mío, terminó, Blanca –me dijo Victoria antes de partir–. Todo se hizo trizas a nuestro alrededor. Y él sigue siendo ese gigante poderoso, enorme, fuerte. Pero no tiene dónde poner su fuerza. Y sus ojos se endulzan, se aclaran con la pena cuando dicen que el mundo ha cambiado. Yo sé exactamente lo que siente –difícil que lo sepas tú– y no puedo hacer nada por él ni él por mí. Quedo inundada de añoranzas tan grandes como él, la impotencia me repleta. No puedo ni tocar su tristeza. ¿Cuál fue el momento exacto en que nos derrumbamos? No es el poder ni su falta el único problema. Es la perspectiva de que nunca lo tendremos, que nuestra era se acabó y eso es irreversible. Fuimos preparados para realizar los sueños y nos han atado las manos. Esta vez no las ató un verdugo. El mundo entero pareciera haberse confabulado para que la atadura la hiciéramos nosotros mismos. Él me dijo: ganarán los pragmáticos. Yo le respondí: por lo tanto, no haremos ningún sueño. Me preguntó: ¿valdrá la pena entonces? Callé. No era la duda lo que me acalló, sino la evidencia de que cualquier palabra y cualquier intento de consuelo eran inútiles. Es tanto más fácil transar, concluyó. Malditos nosotros, pensé entonces, mirando sus ojos tristes, nosotros aquí, indemnes. Y con las ilusiones en pie. Eso me dijo Victoria.

Y luego me dijo el Gringo: los símbolos, Blanca, los entregamos día a día. Recuerda a Heinrich Boll y su *Billar a las nueve y media*. Hemos comido del sacramento del búfalo.

Nueva York como salvación. Porque siento que Victoria y el Gringo viven en la oscuridad de la noche.

Penetrar.
Introducir, horadar, invadir, incursionar, acometer, imprimir, estigmatizar, agujerear, perforar.

Mi cuerpo codicioso. Se me retuerce. Me devoran las ganas, como si fuesen una gangrena. Y yo que creí que el placer era tan fácil. Que teniéndolo bastaba.

Obsesiva en mi propio deseo. ¿Puede un sexo ser escindido, puede una parte de él obtener el goce máximo y la otra aullar por sentir -no lo que le da el placer-, sino la lenta y dolorosa ilusión de la posesión? Anhelando desarticularlo al Gringo, en eso estoy . Su cuerpo, quiero decir. Y palpar como está hecho por dentro, metérmele en cada miembro, sus células, sus membranas, sus glándulas. Sus contracciones musculares, su materia viva.

Soy tu parásito, acepta esta pegajosidad. Quedé atrapada, no era mi intención.

Almacenada en ti.

Y en eso estaba, enfrascada en mi pasión, cuando sentí a través de las paredes de la habitación de mi hotel la voz infantil de una niña que le decía a su madre: *Momma, I love you*. La repetición del gesto me aseguró que no lo había inventado yo. *Momma, I love you*. Y en un instante vi como todo mi cuerpo, un minuto antes ambicionando fusiones totales, se constreñía hasta que el nudo se situó claramente en el corazón.

Quisiera de verdad saber qué es lo doloroso en mí: mi ser hija o mi ser madre. Pero de que hay dolor, lo hay. Trinidad. Mi Trinidad tan lejana. (¿Mi Trinidad jugando con las ardillas en el Central Park?) Qué daría por tocar su pelo rubio, por besar esa cara y esos ojos color de los gatos. ¿Por qué Jorge Ignacio quiere tanto a Juan Luis y no a mí? ¿Qué hice mal? ¿Es que lo crié en la ilusión de que sería para siempre el único hijo, que la aparición de

Trinidad, tantos años después, no me fue perdonada? ¿Y por qué para Juan Luis la paternidad tiene un solo nombre: Jorge Ignacio? Siete meses en cama y dos operaciones para parir a mi Trinidad. Cada día de esos siete meses temiendo que el embarazo no llegase a puerto. Y arribó esta criatura minúscula, prematura, de un kilo ochocientos, rubia como el alba, y me invadió. Una mezcla de animalidad y metafísica.

Juan Luis la culpa de tantas cosas. Porque algo pasó. No sé qué, pero pasó. Madre e hija compartimos como con nadie el mismo cuerpo. Y he terminado por ser su cuerpo velador. Entonces el placer cambió y Juan Luis no me lo perdonó.

Un día veíamos una película -de esas antiguas, creo que Casablanca- en la televisión. Trinidad, muy seria, con su escasa pronunciación, me preguntó:

-Mamá, cuando tú eras chica, ¿la vida era en blanco y negro?

Más deberes que colores había entonces. El goce no era muy prestigiado. ¿Te he contado que además de la libreta negra, mi madre era de cuentas regresivas? Comenzaba en enero a recordarme cuánto tiempo me quedaba de vacaciones y parecía alegrarse haciéndome ver la fecha de entrada al colegio a medida que ésta se acercaba. Ensombrecía todo mi contento.

Nada de goces que no fueran santos o instruidos. Mi pobre tío Eugenio, amaba el fútbol por sobre todas las cosas y era mirado en menos por no tener dotes intelectuales. Su sueño era ser comentarista deportivo. La abuela se opuso tenazmente: no podía existir un quehacer por la pura diversión. Tampoco cumplía con los requisitos de estatus. Sabio el tío Eugenio, se cambió de nombre y así pudo trabajar en la radio sin enfurecer a la familia. Y hasta hoy lo pasa regio.

Nadie estaba para divertirnos, eso corría por nuestra

cuenta. Un día yo daba vueltas aburrida alrededor de mi mamá, y mis tías saltaron: se pasea como un perro enjaulado esta niña, ¿es que no tiene ninguna vida interior? La «vida interior». Me aterraba la sola idea de no tenerla, de que no se me diera espontáneamente,como las inspiraciones.

Antes que nada, nos enseñaron todas las buenas maneras.

No decíamos pipí ni caca, eso era vulgar. Hablábamos de uno y dos, respectivamente. Así sonaba más fino. Me costó mucho en el colegio, y luego en el mundo exterior, acostumbrarme a oír esos dos vocablos. Hasta hoy me parecen un poco ordinarios. Decíamos traste, nunca poto.

Era enorme la lista de las palabras excluidas.

Cada vez que nos bañábamos en la piscina de la casa o íbamos al río en el campo y debíamos lucirnos en traje de baño delante de los inevitables amigos de mis hermanos, mi madre nos gritaba, jurando que nadie sino ella hablaba francés en el mundo: «¡Attention avec ta figure!». Uno inmediatamente se incorporaba, se tapaba, asustada de estar mostrando o haciendo algo malo. Esto continuó por muchos años, frente a cada fiesta u ocasión de encuentro con el sexo opuesto, lo que siempre me produjo el temor de estar al borde del descontrol. Si no era así, ¿por qué me lo decía, entonces? Al menos mi mamá se rió el día que partí de luna de miel y Alfonso me gritó, fuerte y claro, delante de todos: Blanca, ¡attention avec ta figure!

La vida era, en una buena dosis, en francés. Cada vez que jugábamos con mis hermanos hombres a cualquier juego que incluyese corporalidad, saltaba mamá: «Jeu de mains, jeu de villains». Y nosotros nos separábamos inmediatamente, con villanos imaginarios en la cabeza que hacían algo raro con sus cuerpos.

Había un Jesús en el pasillo de la casa, ése del corazón llameante. Yo le tenía miedo. Le pedí a mamá que lo sacara. Me reprendió: debes ocultar el miedo, para así sobreponerte a él. Y durante años crucé ese pasillo aterrada. Hasta el día que vi la película *Drácula* y me traumaticé hasta tal punto que en las noches salía con un crucifijo por la casa, avanzaba por ese mismo pasillo con él en alto para alejar la posibilidad o la tentación de que Drácula nos visitara. Se me ocurrió incorporar al Jesús llameante a esta tarea. Fue entonces que mi padre, el único no afrancesado de la familia, me apodó «Miss Tragedy». ¿Fue sólo por lo de Drácula?

Amaba yo a mi padre, pero con cierta distancia. No imploraba su presencia como lo hacía con mamá, ni andaba rastreando sus olores por la casa. Para que me apreciara, le demostraba que yo era un ser espiritual. Para cada cumpleaños le regalaba un «Spiritual Bouquet»: diez Ave Marías, once Padres Nuestros, un Credo, cien jaculatorias (que eran más cortas) y dos rosarios. Algunas veces olvidaba los rosarios y cuando caía en cuenta de que aún no los había rezado, me sentía tramposa. Oré mucho por mi padre, y él sabía que yo era la que más rezaba de toda la familia.

Leía las *Vidas Ejemplares*, mientras Pía gozaba a la *Pequeña Lulú*. Las vírgenes se me aparecían por todos lados y preguntaba por ellas; nadie me daba respuestas. Sólo me quedaba claro que la virginidad se peleaba con la vida misma, como las heroínas de estas historietas. Por ello supuse que debía ser algo muy importante. Yo quería ser Genoveva de Brabante. En las ilustraciones tenía el pelo muy rubio y muy largo y se paseaba por el bosque, tan linda, con un niño en brazos. Entonces decidí por única vez dejarme crecer el pelo.

Nadie me enseñó nada, hasta que ese cura maldito me confesó. Yo no tenía más de trece años y estábamos con mi mamá en una iglesia que no era la nuestra. Fui a confesarme, como lo hacía siempre en la mía. Y empecé con mi lista, la repetía de memoria: he desobedecido, he dicho mentiras, me he portado mal, le contesté a mi papá, le pegué a mi hermano, olvidé mis oraciones... Y el cura me interrumpe: ¿No ha tenido malos pensamientos? ¿Qué es eso, padre?, le pregunté a través de los hoyitos en la madera del confesionario. ¿No ha tenido ganas de que un muchacho la toque? ¿No ha pensado cosas cochinas al leer una revista o al tocarse su propio cuerpo? No, padre. Pues, prepárese a combatirlos, hija, los malos pensamientos ya le llegarán. Salí asustada. Yo era inocente. Y obvio, él me dio la idea . Esa noche tuve mi primer «mal pensamiento» .

Éramos tan sanos todos, tanto que parecíamos tontos. Por eso odié que ese cura me introdujera posibilidades hasta entonces insospechadas.

Mi papá, dentro de sus actos originales, tomó por una época a una china como profesora, puertas adentro, una especie de institutriz. Creo que había una guerra, puede haber sido la propia revolución, no recuerdo, y la forma de cooperación con este país lejano era aceptando en nuestros hogares a algunos de los refugiados. La china pasó a ser el centro de atención de todos nosotros. Nunca habíamos visto una en la vida: otra raza nos significaba otro planeta. ¿Y cuál crees tú, Trini, que era nuestra máxima curiosidad? Saber si tenía poto. Nos dábamos tareas diarias: que Pía y Blanca se metan debajo de la mesa, mientras ella come y le miren debajo de la pollera. Así lo hacíamos. Veíamos oscuridad, ropas sin colores, unos calzones grandes y sueltos, no más que eso. Que la siguiéramos cuando fuera al baño. Obedecíamos, pero ella nos cerraba la puerta. Y mis hermanos se enojaban: ustedes no sirven para nada, nos decían. Hasta que Felipe y Arturo hicieron un pequeño orificio en la pared de su baño y lograron mirar estando ella dentro. (Como ambos eran hombres, a poco andar las prohibiciones quedaron para las mujeres y ellos se sentían muy machos por liberarse del léxico familiar.) Así es como volvieron gritando, muy impresionados: tiene poto, tiene poto, y mea igual que todas las mujeres. Con esto, el encanto por la china se desvaneció.

Un día en la playa, un grupo de muchachos hablaba sobre un tema que habían recién descubierto y que les parecía fascinante por lo oscuro, impreciso y misterioso: la menstruación. La mirada de estos chiquillos hacia nosotras contenía la pregunta que, por supuesto, nunca formularían: ¿sí o no? ¿Te llegó ya? Le preguntaron a Alfonso si Pía y yo menstruábamos. Él, muy serio, respondió: No. Mis hermanas no. A ellas no les pasa ni nunca les pasará.

Pía suele decirme que haber sido mujer, y además la segunda de las mujeres, es un poco reiterativo. Es que ser la quinta de seis hermanos es como no ser. Quedé en tierra de nadie. Las preocupaciones eran usualmente para los «grandes» o para «la guagua de la casa». Gracias a eso, Alfonso y yo gozamos de bastante independencia. Como dice Sofía, eso fue lo que nos salvó, el que nadie nos diera boleto. Pero a igual grado de independencia, la indiferencia. Nadie gritó de júbilo con mi primer diente, nadie registró mis primeras palabras ni guardaron mis primeros mechones de pelo. Nos obligaron a hacer juntos la Primera Comunión para capearse una ceremonia más y a mi confirmación -en la que por cierto me nombré Genoveva- asistió sólo mi abuela. Gracias a Dios entonces no existían las reuniones de padres y apoderados, seguro que nunca habrían asistido a las mías y en el colegio me habrían creído huérfana. ¿De dónde saqué yo la peregrina idea de tener diez hijos? Créeme que los habría tenido si hubiese podido. Cuando salí de la consulta del ginecólogo aquella primera vez que me habló de esterilidad, recuerdo haber tomado un taxi a la oficina de Juan Luis y haber llorado a mares todo el camino. Mientras creí que no podría nunca parir, me volví loca de desesperación. ¡Diez hijos! Pero ahora que te conozco a ti, me pregunto, ¿dónde habrías quedado tú, entonces?

Lo único aburrido de esta aventura de estar sola es beber sola. Con Victoria y Sofía nos conversaríamos el ron y el tequila.

Amorosas ellas, no quisieron estar ausentes de mis cuarenta años.

-Es imperdonable que te arranques en esta fecha.

-Nosotros te haremos una celebración privada antes que partas a Puerto Vallarta.

-En la casa del campo -propuso Victoria.

-En la casa del campo -accedí.

Y después Sofía me dijo: no es muy atinado el momento que eliges.

Tenía razón. Esa noche prendí la televisión, me golpearon unos *mea culpa* que traté de sentir sinceros. Cambié de canal y un militar se defendía. En el otro, un antiguo dirigente casi lloraba.

Se había dado a conocer al país el Informe de la Comisión de Verdad y Reconciliación.

Sofía volvió al ataque: es un momento difícil para Victoria, debemos distraerla en lo posible. Vacila entre la ilusión y el desencanto, siente que los ojos están puestos sobre ellos, vuelve a revivirlo todo, pero siente que si esta vez pierde, la derrota es definitiva.

Fuimos las tres allí, con cerros, naranjas y jacarandá. La señora Yolanda me mandó una torta de bizcochuelo con manjar. Bernardo me regaló un dibujo de una mujer alta, delgada y rubia, sola entre los cerros verdes.

-Soy una vieja -sentencié.

Ambas, mayores que yo, rieron.

-Ya conocemos la crisis -dijo Sofía-. Podemos anticipártela, que de algo le sirvan a las demás las miserias ya vividas...

-Pero el tipo de crisis depende de lo que se está viviendo en ese preciso momento, no todas son iguales -acotó Victoria, cortando un segundo trozo de torta-. Qué espanto, estoy a régimen y no he parado de comer...

–El caso de Blanca es *sui generis*. Sospecho que se está desordenando un poco.

–Claro, desordenada estoy...

–Parece recién allanada... –rió Victoria.

–En el fondo, Juan Luis me ha aislado bastante del mundo, ¿no creen ustedes? Qué poco le costó convencerme de que mi casa era el mejor lugar. La armé como un útero-matriz. Y aquí he estado, calentita todos estos años.

–Juan Luis te ha rodeado de tantas cosas ricas, que no te ha dejado poner en duda tu modo de vida. Desde los viajes a la ropa de *designers*... Todo lo que una mujer supuestamente desearía. ¿Cómo va a aceptar él que tengas quejas?

–Pero igual me siento aislada. Cuando estábamos de novios, yo era una persona amistosa y Juan Luis no me compartía con nadie: todo hombre cercano era una amenaza. Sin embargo, él seguía visitando a sus amigas de antes, incluso las invitaba a salir de vez en cuando. La única vez que me rebelé –y lo planté– él se enfermó, amenazó con abandonar su carrera y partir al fin del mundo.

–¿Y? –me miraban concentradas.

–Me sentí culpable y volvimos. Fue mi único momento de poder y no lo aproveché. Nadie tuvo que advertirme que sus leyes no eran las mismas para mí. Creo que sencillamente lo asumí como algo que formaba parte de la naturaleza.

–¡Cómo nos han anulado nuestras diferencias! –exclama Victoria sofocada–. Anulado y subrayado.

–Lo más triste es que no paramos en esta búsqueda loca de reconocimiento, de simetría. ¡Y miren cómo nos va! –suspira Sofía, jugando con las blandas migas del pan amasado–. Acuérdense de esa frase de Octavio Paz: «La femineidad nunca es un fin en sí mismo, como la hombría» –un mechón castaño le cruza el rostro, ablandándolo.

–Mmmm..., me encantan esos zapatos, Sofía, ¿dónde los compraste? –casi no escucha la respuesta y continúa–.

Volvamos a tus cuarenta años. Vamos descartando situaciones posibles...

–Ojo, no hay que descartar ninguna –avisa Sofía–. Nunca se puede cantar victoria, nunca. Pongamos de ejemplo a mi mamá. Iba tan bien, cumplió cuarenta en las más auspiciosas condiciones: a los cincuenta y cinco enviudó. El problema fue que su autonomía, su autoestima, su buena relación con el mundo, todo partió a la tumba junto con mi padrastro. ¿No les da la sensación de *bluff*?

–Y tú no le das mucha pelota...

–Es que hoy es bastante intolerable, tanto para sí misma como para los demás. Sus atributos fueron ciertos en la medida que los refrendó su marido. Por eso insisto: no se puede cantar victoria.

–No seas dura, Sofía –le pido.

–A veces más vale ser dura frente a las madres, Blanca, que quedarse amarrada a esos cordones umbilicales que estrangulan.

–No pienso en mi madre. Pienso en Trinidad, en cómo me verá en el futuro.

–Hagas lo que hagas, lo harás mal –se acerca a tocar la lana de mi sweater, hace un gesto de aprobación y continúa–. De algún modo u otro, uno lo hace mal...

–¿Crees tú?

–Nuestras madres hicieron tantas cosas mal con nosotras y no las perdonamos. Hemos hecho un esfuerzo por ser distintas, pero igual fallaremos, desde otros puntos de vista. No te hagas ilusiones: ser mamá y cagarla con los hijos es la misma cosa, aunque las formas cambien de generación en generación.

Se me apretó el corazón. ¿Cuáles cobros me haría Trini en su adultez? ¿Cómo evitarlos? Pero Sofía parece estar convencida de que es irremediable. Con la punta del cuchillo le sigo la huella al manjar blanco y distraídamente me lo voy comiendo.

–Igual –prosigue Sofía– me arrepiento de no haber tenido hijos con Alfonso. El ya tenía los suyos y yo los míos, bastaba. Estaba tan imbuida en sacar adelante mi proyecto personal, en ser alguien. Hoy, no quiero ser *nadie*. Vengo definitivamente de vuelta. Y ya es tarde.

–Al menos tienes marido –la consuela Victoria– y más encima amante y fiel –se me acerca–. ¿Qué crema estás usando? No tienes ni una arruga...

–Clinique... ¿Hasta qué edad vivirán los hombres pendientes del sexo? pregunto, preocupada si era aún tiempo de que Juan Luis me fuese infiel, cosa que jamás haría Alfonso.

–Qué ingenua –ríe Sofía–, los hombres viven pendientes del sexo sólo en la adolescencia. Luego lo combinan bien con el afán de estabilidad y poder.

–¡Mentira! –dice Victoria con picardía.

–No te engañes –le responde Sofía–. Los hombres a los cuarenta y cinco no buscan amantes por razones sexuales. ¡Buscan oídos! Y las esposas ya les han prestado tanto, que no quieren más...

–¡Por Dios, cómo necesitan ser escuchados! De hecho, las mujeres de más éxito a esta edad no son las más regias, sino las que aparentan estar más interesadas en oírlos –Victoria y Sofía siempre se están interrumpiendo.

–Claro, y como las propias dejan de hacerlo, ellos se buscan otra, pero no para la pasión. ¡Buscan oreja, Blanca, no poto!

Nos volvemos a servir café, ya nos hemos comido casi todo. Y yo que pensaba que los días de Juan Luis parecían tanto más largos que los míos. Cuando nos encontramos al final de la jornada, el relato del mío cabe en un par de minutos. No así el suyo, extenso, importante. A veces me da tanto detalle y yo pienso para mis adentros, apúrate, Juan Luis, apúrate que se me va a notar. ¿Qué pasaría si su grandilocuencia no tuviera receptor? Sin embargo, cuando algunas noches a mí me vienen las ganas de conversar, no de cosas precisas, sino de divagar, como uno lo hace con las amigas, él me mira impaciente y me dice: sintetiza, Blanca, por favor. No resiste las conversaciones sin dirección. Es como su forma de caminar. Juan Luis siempre camina como si fuese a alguna parte, los hombres siempre suelen ir a alguna parte y por eso a Juan Luis no le gusta caminar conmigo.

El cree firmemente en la eficiencia. Me irrita esa creencia suya.

–No nos vayamos por las ramas –reclama Victoria– todavía no nos metemos en los cuarenta años de Blanca.

–Veíamos qué posibles crisis se podrían descartar –les recordé, emocionada de ser alguna vez yo el objeto de atracción.

–La del *rat race* –dice Sofía.

–¿Qué es eso? –pregunta Victoria.

–La desesperación u obsesión por la carrera. Las que llegaron atrasadas a este tema y hoy venden hasta sus madres por conseguir lo que no se les dio a tiempo. Tienen un sólo objetivo en mente: ponerse al día con lo que no fueron.

–¿Como el caso de la Eliana?

–Exactamente. No importa que no la conozcas, Blanca, es amiga nuestra, pero ya no nos toma en cuenta porque no le servimos –se ríe Sofía, tomando el último sorbo de la taza.

–Su marido la está acusando ahora de feminista –Victoria suelta su típica carcajada.

–¿Sabes? A mí no me llega como feminismo tardío, más bien me suena a neoliberalismo desatado.

–Yo prefiero a la Rebeca. A los cuarenta concluyó que la vida no tenía sentido. Según ella, se desgastó los treinta y nueve años previos buscándolo. Ahora, me dijo, estoy en otra: todos los sentidos eran mentira. ¡Qué gran alivio saberlo! Puedo ver tranquila la televisión.

Levantamos la mesa, nos atropellamos un poco.

Victoria continúa.

–No te asustes, Blanca, si la vejez es solamente no resistir que la saquen a uno de su rutina. Y amanecer siempre cansada. Nada más.

-No -le contesta Sofía-. Mi teoría es que la vejez es la pérdida del control. Como se comienzan a soltar los esfínteres, se suelta todo lo demás...

-¿Qué dices? -me da risa.

-Si antes controlaste tu malgenio, en la vejez explotará. Si tuviste miedo a la pobreza, el descontrol te llevará a la avaricia y así... un puro problema de control. O para ser mas precisa, de agudización de los descontroles.

-Al menos, jurémonos perder el control juntas y acompañarnos. Como mi tía Perla, tiene setenta años y con un grupo de antiguas amigas va a las Termas de Chillán cada año, nada de hijos anexándolas a sus propias vacaciones. Se instalan en las termas y no paran de jugar a las cartas. Comen como locas, se ponen al día de su año, hasta toman trago. Pero lo central son las cartas: juegan de cuatro de la tarde a nueve de la noche, y ahí, ¡santas pascuas! como decía mi abuela. Son nueve las viejas. ¿No lo hallan sensacional?

-Mi madre me contó una vez que a los sesenta ella seguía teniendo la autoimagen de los treinta -comento-. Con espejo al frente y todas sus evidencias, no había caso, se seguía imaginando de otra edad de la real, viéndose a sí misma distinta a como la ven. Es patético, parece que nunca se asume.

-Podemos terminar todas de Baby Jane, a lo Bette Davis.

Sofía apenas escucha a Victoria, sumida en sí misma.

-¿Qué piensas? -le pregunto.

-Pensaba en cuándo, cuál fue el momento que crucé esa línea invisible de la juventud a la edad mediana. Y concluí a propósito del patetismo -la interrumpe su propia risa- que fue el día en que los hombres sentían que me hacían un favor al acompañarme, y no vice versa.

-Esa es una interpretación tuya. Pía dice que para ella los cuarenta fue estar por fin en una edad en que le respondían las llamadas telefónicas. Por fin un ser respetable.

–Para mí –intervino Victoria– fue aprender a decir que no...

–¡Uf! ¡Si sacáramos la cuenta de la cantidad de síes que debieron ser no! –intercala Sofía.

–Cuántas veces me fui a la cama sin las ganas suficientes por no *atreverme* a negarlo, casi por un problema de buenas maneras... Como me pasó una vez, cuando el papá de una amiga me empezó a toquetear y yo consideré «mal educado» de mi parte mandarlo a la mierda...

–Yo espero con mis cuarenta atreverme a decir un par de *no* domésticos. ¡Tengo tanta casa sobre los hombros! –ésa, evidentemente, soy yo.

–Eso es culpa tuya, tú has dejado que así sea –me responde Sofía y agrega mientras me observa levantarme del sillón– qué envidia tu flacura...

–Estoy igual, no he bajado de peso...

–Me recuerdas a una amiga de mi mamá –interviene Victoria–. Su marido debía levantarse muy temprano cada mañana y desde la cama mandaba a su mujer, que también estaba acostada con él y que no debía levantarse a trabajar, a calentarle la taza del water porque a él le daba frío hacerlo. Ella iba y se instalaba un buen rato, sin mear ni cagar, instalándose no más... Cuando el marido sentía la voz de su mujer que le gritaba «¡Pedro, ya está!», él comenzaba con su primer rito del día.

–¡Exageras! –dije riendo, pero muy luego me acometió el tono reflexivo–. Aunque no sea como esa vieja del excusado, mi caso no tiene vuelta...Tipo Luis XIV, la casa *soy* yo.

–Siempre ha sido igual, las mujeres *son* las casas. Los hombres sólo entran y salen de ellas –dice Sofía, luego sonríe–. Una buena tele es mucho mejor que una mujer, decía Alfonso cuando se separó. Sin embargo, como todo separado, entraba a su departamento y prendía luces, radio, tele, todo al mismo tiempo.

–Pero para ti es harto más aliviado que para Blanca...

–¿Aliviado? Escúchame esto, Victoria: ayer estaba yo

en una reunión, llena de importantes ejecutivos que necesitaban una asesoría para el personal de su empresa. La secretaria me avisa que hay una llamada de mi casa. Tomo el teléfono. «Señora, ¿cuántas bandejas de carne molida trajo? Encuentro una no más y no me alcanza para el pastel». Y yo «No importa, Rosa, hazla con una y agrega más papas». Corto la comunicación y miro a los empresarios como si nada y digo: «Entonces, íbamos en...». Por la mierda, ¡si tú crees que me salvo!

–Entonces, si no te salvas tú, no se salva nadie... –le contesta Victoria, mirándola risueña. Se levanta del sillón y da unos pasos de baile por la sala.

–Me gustaría ser hermafrodita por un rato. ¿Se acuerdan de ese engendro tortuoso y blanquecino de *Fellini Satiricón*? –hace muecas Victoria–. No, como él, no. Un hermafrodita glorioso que gozara paralelamente los dos lados. O sea, quisiera ser un hombre y gozarlo, pero sin perder mi perspectiva de mujer.

Sofía la mira y se prepara un trago.

–Lo que es yo, asumí mi edad. No me pasearé nunca más en pelota delante de nadie que no sea Alfonso, no usaré más traje de baño en público, y por pretenciosa, no por moralista, no tendré más en mi vida un romance. Alfonso y punto.

–Claro... Un escorzo desnudo cortándose las uñas de los pies puede haber sido una hermosura años atrás. Las bailarinas de Degas no deben haber tenido más de veinte.

–¡Ya no! –repite Sofía–. Ya nada relacionado con el cuerpo es bello. Nadie debe verlo sino yo. Lo otro es indecente.

Se levantó desperezándose y cuando le llegaron los primeros acordes de Los Prisioneros cantó con ellos y agarró vuelo con su estrechez de corazón. La siguió Victoria. Mientras ambas cantaban, hice un inciso en la celebración de mis cuarenta años y me fui a ese recital de los Inti Illimani al que me llevaron. No quería ir y me convencieron que al margen de las connotaciones políticas, eran estupendos músicos, que juzgara por mí misma. Las vi emocionarse, cantar, vibrar y aplaudir. Incluso, en una canción determinada, Victoria lloró y no me atreví a preguntarle por qué. Pero había pasión en ellas, eso les provocaba los Inti Illimani. El público entero tenía pasión. Me sorprendió esa capacidad de gozar como un solo gran cuerpo, de apasionarse colectivamente. Pensé en ello por días. Concluí preguntándome -sin dramatismo- por qué la pasión no era una de mis pertenencias.

Mientras las miraba bailar, sentada pulcramente en el sillón, con timidez le estiré la manga a Sofía y le hice la estúpida pregunta.

-Entonces, Sofía, ¿cuál sería la forma correcta de ser mujer?

Y la sonrisa compasiva de Sofía.

-Ninguna. O todas.

Diluida siempre, disuelta y diseminada, camino por ese sol descabellado y me cuento, hubo una vez un verde, un preciso verde que yo confundo, pues miro los jacintos y se me vienen encima y los jacintos son azules y era esmeralda el verde aquél, ese verde que hablaba de la Blanca luminosa.

Estirarse hacia el sur. Hacia ese verde. Pero llegará Juan Luis de un momento a otro. Llegará Juan Luis a pedirme que parta con él lejos de ese sur.

Llegué al hotel y encontré su recado. Que me fuese a Nueva York, que nos encontráramos allá. Ese fue el momento en que empezó la vorágine. Miro para atrás y decido que es cierto. El vértigo: allí empezó y no se detuvo más. Nunca más.

Me despedí de Puerto Vallarta en la mejor de las formas: pedí una botella de Veuve Clicquot, Juan Luis no vería sino el resumen de la cuenta final en la tarjeta de crédito y no sospecharía que yo pedí el champagne más caro sólo para mí. Me fui con la botella y una copa de cristal azul, hecha a mano como sólo las hacen las manos mexicanas, y me tiré en la arena frente al mar. Poco a poco esta maravilla atravesó mi paladar, llegó a mi boca y a mi garganta, asaltándome con codicia. Ganas locas de compartir con el Gringo, de darle a probar, de contarle que el ángel de Blanca está botado frente al mar con champagne hasta en las orejas. Ganas de echárselo en la boca y de comentarlo en seguida. ¿Por qué será que con los amantes uno lo comenta todo y con los maridos nada? ¿Se dará por sentado dentro del matrimonio que cada uno conoce las percepciones del otro y no vale la pena verbalizarlas? Siempre que Juan Luis y yo volvemos de una comida lo hacemos en silencio, aunque ambos tengamos mil pensamientos en la cabeza. Con el Gringo, en cambio, cada cosa que vivimos juntos es tomada y analizada por los dos en sus mil detalles. Parece que esa es la ley: la palabra para los amantes, el silencio para los esposos. Pero como nadie me ha enseñado ni preparado para este tema, tengo una duda grande: ¿ese silencio es el silencio pleno de palabras que sobran o es el silencio gastado del cansancio?

Me despido del mar.

Tomo mañana el avión a Chile. Juan Luis se queda aún un par de días en Nueva York. Hice exactamente todo lo que me pidió. Sueño con besar a mis hijos, con liberar a mi pobre madre de su cuidado (como me dijo por teléfono, ¿no te ibas sólo por una semana?), sueño con abrazar al Gringo y contárselo todo y no quiero esperar un momento más. Los dos días que le quedan a Juan Luis en este país me parecen mucho tiempo. A veces dos días pueden ser eternos.

Luego de Puerto Vallarta, Nueva York me resultó más monstruoso y enorme que de costumbre. El movimiento de la ciudad y de Juan Luis no paraba. Central Park. Que viese la casa, que dejásemos todo listo, que conociese a la gente con la cual trabajaría y ojalá a sus esposas, que él se trasladaría casi de inmediato (yo podría tardar un poco), que viera los colegios de los niños, que los containers, que la elección de los muebles. Todo preparado para enfrentar este «proyecto familiar».

Dejémonos de cosas, Blanca, me dije muy seria frente a la estatua de Alicia en el País de las Maravillas, tú nunca te separarás. No sigas jugueteando con ideas adúlteras, Juan Luis es tu marido y ése es un dato inamovible. Ya verás cómo te las arreglas con tus locuras y ese hombre extraño y ajeno que se ha apoderado de tu voluntad. Y aunque apoderado esté, es y seguirá siendo extraño y ajeno, nada tiene que ver con tu mundo y con tu vida. Están tus hijos, y por último, está Dios. Hay ciertos sacrificios que ni siquiera se piensan dos veces. Nunca has ponderado el abandonar a Juan Luis, nunca aceptarás la idea de ser una mujer separada, por nada del mundo. Entonces, ¡basta!

Mi voluntad es nula.

BASTA de huevadas, Blanca. ¿Hasta cuándo?
Tú sabíás. Y si no lo sabíás, debieras haberlo sabido.

El díá en que Victoria, con su mararillosa candidez, te preguntó.
–¿Qué es la decencia, Blanca?
Tu respondiste seria.
–Sólo esto: una suma de detalles.

Luego escribiste con tu tinta negra: es barrer toda hojarasca.

Escuchame, no puedes seguir en el limbo: existen el cielo y el infierno. Incluso tienes la opción del purgatorio.

Tú me asignas a mí la responsabilidad. Fui la culpable de reunir a la Blanca displicente del Chile intocado con la trágica Victoria del Chile herido.
Y de contrastes no quieres ni saber.

Ese díá, el más importante en años para la familia de Victoria, el día que fueron a declarar... ¿ Recuerdas cómo se arreglaron? ¿Recuerdas el traje sastre impecable de la señora Yolanda, guardado años en el ropero para una ocasión como ésta? ¿Recuerdas cómo les repartimos Tricalmas, medio Tricalma por cabeza? ¿Te acuerdas cómo te enojaste con Lorena ese día y cómo te agradeció Victoria el que te hicieras cargo? ¿Te acuerdas de que estaba volada y no quería asistir y antes que su madre la viera, tú la llevaste al baño, la obligaste a mojarse la cara, a maquillarse, a despertar del letargo? Y tú llegaste en el Peugeot, despachaste el taxi que ellas habían contratado y las subiste como si fueran a un matrimonio. ¿Recuerdas cómo Victoria se tomó su pelo inmenso, cómo se despejó la cara para dar mejor impresión a los abogados y a la Comisión y te preguntó ansiosa, dime, Blanca, con el pelo así, me veo más respetable? ¿ Recuerdas el efecto de la bandera chilena, y el orgullo de la señora Yolanda? Ella iba a declarar ante el Estado de Chile, no a una comisión más de derechos humanos, nacional o internacional. Esta vez iba a contar su historia al primer organismo público de su propio país después de todos estos años. Ella te lo dijo, ¿recuerdas? Por años he esperado este momento, es toda la diferencia, Blanquita, contarles mi historia a ellos que a cualquier otro. Por eso voy cargada de papeles y evidencias, por eso quiero a la familia completa conmigo, porque, entienda, Blanquita, ¡por fin una historia oficial!

Y se bajó del auto como la mujer más digna que jamás haya visto, digna y orgullosa: de su marido, de su pasado, y llena de esperanzas de limpiar al fin su nombre.

¿Cuánto tiempo llevas, Blanca, siendo cómplice de historias de horror y borrándolas luego de tu memoria para dormir tranquila, para no pelear con Juan Luis, para trabajar intacta en tus beneficencias, para seguir como siempre, sin un conflicto, viviendo en esa familia tuya, aferrada a su espléndida levedad?

Para que la próxima vez que Pía te diga, con cara de hermana mayor controladora, «Sofía no tiene ningún sentido de las conveniencias», tú puedas seguir asintiendo.

Las evidencias te enrostran, no te dejan salida. Sin embargo, tú continúas con el discurso ese: Victoria si, el país no.

¿El Gringo te ha contado que nunca se duerme sin recordar los ojos de su amigo cuando moría a su lado? Si no te lo ha contado, podrías sospecharlo.

Por favor, deja fuera las consideraciones políticas o ideológicas que tanto detestas. Se trata de humanidad. Yo sé que el Gringo te habla a ti en otro lenguaje. El Gringo nunca usa términos políticos como lo hacemos Victoria y yo. Lo concreto de tal lenguaje le parece casi procaz, viviendo él en la sutileza o la sofisticación de sus libros. O quizás se siente amenazado si lo sacan de la abstracción.

De todos modos, Blanca, no importa qué lenguaje hable el Gringo contigo. Tu sabes lo que él vivió, una experiencia límite: la tortura. Sé que has decidido eliminar esa palabra de tu léxico. Si no la conocías antes,menos quieres conocerla ahora. Pero existe.

Ese hombre que amas fue sometido a una experiencia extrema de dolor físico y síquico con el objeto de quebrarlo. Es mentira, Blanca, que lo primordial de la tortura sea sacar información . Lo primero es la destrucción. En mi profesión le llamamos «el colapso de las estructuras del yo». Y este colapso se vive diferente cuando es causado por la mano del hombre. No te hablaré de sicología, quiero hablarte de lo que el Gringo no te dice. Quiero que caigas en cuenta de lo que le pasó a ese cuerpo tan hermoso.

En la tortura, el Gringo estuvo furiosamente solo e inerme. El mundo interno y externo se confundieron en su cuerpo deshecho. No tenía cómo defenderse ni a quién recurrir; su vida y su muerte dependían absolutamente del torturador, quien se convirtió en su único referente disponible. Esto lo humilló y su involuntaria dependencia le generó culpas. Por eso silenció para siempre una parte de lo allí vivido.

Es muy difícil, Blanca, hablar sobre la tortura. Yo lo sé bien por mis pacientes, no en vano me he especializado en estos temas. Ni la vergüenza ni la negación son suficientes para explicar lo que encierra este silencio. Aunque una parte de la tortura se transforme posteriormente en palabras, hay otra parte que sencillamente no puede ser expresada. No hay lenguaje. El Gringo guarda adentro una cantidad de horror imposible de ser dicho. ¿Has tratado de imaginar, tú, que a todo le haces el quite, qué habrán hecho con él esas mujeres que lo torturaron? ¿Lo has pensado alguna vez, mientras lo acaricias? Y ese horror le tiene que haber salido más tarde, por otros lados de si mismo. El dolor que no pudo ser hablado buscará otro lenguaje que no sea la palabra.

Yo sospecho, Blanca, que la capacidad de hablarlo protege un poco el cuerpo. Recuerda que no fue éste su tema cuando declaró ante la Comisión: allí habló de la muerte de su amigo. Es probable que en todos estos años nunca haya dicho una sílaba. Quizás seas tú la destinada a escucharlo.

Vuelvo a Victoria. Cuando te dijo, ¿sabes, Blanca, lo que significó para mí la llegada de la democracia? Que la desaparición de mi papá se hiciese realidad. Nunca soñé tanto con él como en esos días. Me vino de golpe un convencimiento de que estaba vivo. ¿Cómo podía yo aceptar realmente que estaba muerto si no fui capaz de encontrarlo? Es como si yo misma lo hubiese matado.

Luego nos dijo a ambas: somos los leprosos de este régimen. Eso nos dijo. Y tú, mi Blanca, eres como esas monjas del medioevo. Alimentaban a los leprosos, pero les tiraban la comida con los baldes a sus cuchitriles. No entraban.

Tampoco tú quieres contagiarte.

Tampoco quieres ver, con tu mirada esquiva, que al desaparecer, la muerte del padre de Victoria, de ese Bernardo de los bigotes y de la mirada suave, es una muerte múltiple, inacabada, fragmentaria e interminable.

¿Quieres sumarte también tú a esa mayoría silenciosa, la que no quiere saber?

–Tú supiste mucho más de lo que habrías elegido, ¿verdad? Fuiste sabiendo, por ejemplo, por qué un niño inteligente como Bernardo fallaba en el colegio, ese preciso año, en el momento exacto de la Comisión de Verdad y Reconciliación y no en otro. Sabías que la familia entera, marcada por la pérdida y el trauma, se estaba destruyendo y te hiciste la lesa. Trataste a Bernardo como a un niño común y corriente, como si aquel impreso con la cara de su abuelo no le velara el sueño.

Tú estabas con nosotros, antes de partir a Puerto Vallarta, ese día que el Presidente dio a conocer el Informe al país. Nos reunimos todos en casa de Victoria, nos programamos para estar juntos ese día. Te arriesgabas a una fuerte pelea en tu casa, pero por primera vez pareció no importarte. Queríás vivir ese momento en Avenida Grecia, en ningún otro lugar. Me di cuenta de que no cederías ante Juan Luis, que el Gringo no te esperaría en vano, que algo creiste recobrar de una Blanca que alguna vez pudo haber sido.

Nos sentamos frente al televisor, ya no los dos aparatos –uno de sonido y otro de imagen–, sino el que tú llevaste en forma casual un día, diciendo, no quiero que Trinidad tenga televisión en la pieza. Victoria, quédate tú con ella por mientras, en tu modo fino e imperceptible. Te sentaste pegadita al Gringo y fue la única vez que te atreviste –olvidándote, quizás– a no guardar apariencias. Te vi tan conmovida ese día, dijiste más tarde, por fin, el informe terminó, ahora todo cambiará y Victoria y el Gringo y los demás serán más felices. Pero al día siguiente te lo negaste y hoy vuelves a tu país para comprobar que nada ha cambiado.

Y ahora el Gringo te espera, pero no como tu esperarías que te esperara, y te dirá al oído, ...y si contemplas llorando las estrellas y se te llena el alma de imposibles, es que mi soledad viene a besarte...

Aterrizando en Santiago, toda la oscuridad de la ciudad y su inmundicia me envolvió.

Santiago. Yo no había leído un solo diario frente al mar, venía de otro mundo, asoleado y ensimismado. Lo he hecho por primera vez en el avión. En mi ausencia hubo un asesinato -otro-. Los matutinos me lo dicen, no se habla de otra cosa. En casa veo el noticiero en la televisión. ¿Y el Informe Rettig? ¿Es que ya nadie lo recuerda? No entiendo nada.

Llamo a Sofía. Sí, el Informe enterrado. Un solo asesinato borró los otros miles y miles, me dice. Pero, ¿cómo lo lograron?, pregunto. Sofía me insiste, con la voz cansada, que así fue. Parece que el horror del país no duró.

Todo me pareció confuso, caótico. Hasta el aire de ese otoño.

Anunciar mi partida a Nueva York, abandonar mi país contra mi voluntad, dejar al Gringo desgarrándome el corazón. (Vendré muy seguido, Gringo, no te dejaré, debes esperarme.)

Un caos.

Voy a Avenida Grecia. Del escepticismo a la tristeza, a la tristeza total.

Victoria se apena un poco más cada día; todos a su alrededor se apenan un poco más cada día.

Victoria ronda desconcentrada por las calles; todos a su alrededor rondan desconcentrados por las calles.

Victoria pierde vitalidad; todos a su alrededor pierden vitalidad.

A Victoria la maltrató la esperanza, esa esperanza que se le estancó en el cuerpo; el cuerpo de todos a su alrededor está maltratado por la esperanza que se estancó.

Victoria sabe que el momento ya pasó y que nada ocurrirá; todos a su alrededor saben lo mismo. Y la culpa y la pena los envejecen.

Victoria está envejeciendo.

Como me lo dijo ella misma hoy día, soy un animal

herido y corro lejos de la horda que me ha dado la espalda.

De Avenida Grecia vuelo a casa, paso por el departamento del centro de la ciudad y nadie me abre la puerta. Quiero ubicar al Gringo como sea. En la esquina de mi calle veo un tumulto, gente y policías. Freno rápido y me bajo del auto. Es Honoria quien está en el suelo. Han atropellado a Honoria y nadie hace nada. Le grito al carabinero y el carabinero me mira raro, es una empleada doméstica, me dice. Le pregunto si han llamado a la ambulancia. Sí, a la del Hospital Salvador, aún no llega.

–¿La ambulancia del Salvador? Pero si estamos en San Damián, no llegará nunca. ¿Por qué han llamado a un hospital tan lejos? ¿Por qué no a la Clínica Las Condes, aquí al lado?

–Por que no nos consta que alguien vaya a responder.

–Llame a Las Condes, de inmediato.

Me obedeció como si fuera mi asistente. Entonces me acerqué a Honoria, no, no era grave, pero mi Honoria estaba herida. Y al lado, el chofer de un militar, el que la había atropellado.

–Luego hablaré con usted. Le ruego que pase por mi casa esta noche, tengo todos sus datos.

La ambulancia llegó al instante y partí con ella, abrazando su cabeza. Le toqué su piel de pergamino, no había aceite posible para mis yemas. El doctor de turno en urgencias me abordó, aterrado de que nadie fuera a pagar por esta mujer.

–¿Es usted su patrona?

Lo miré fijo.

–No, soy su hija.

Me miro rarísimo.

–Apúrese, atiéndala.

En la noche, ya con Honoria en casa y todos cuidándola, llegó el chofer que la había atropellado. Pidió perdón y me dio las explicaciones del caso.

-Yo no soy culpable, señora, Dios lo quiso así.

-¿Cómo? ¿Dios quiso que Honoria fuera atropellada y usted no tiene ninguna responsabilidad?

-Así es, exactamente, señora. Esto ha sucedido porque Dios lo ha querido.

-Váyase. Váyase, por favor, no tengo más que hablar con usted.

Dios. Lo único que faltaba. Y la amargura se me hizo en la boca. ¿Nadie era culpable de nada? ¿Todo lo ha querido la voluntad de Dios? ¿Y la impotencia del Gringo? ¿También la quiso Dios?

El accidente de Honoria no me permitió ver al Gringo ese día. Al siguiente ella estaba de buen ánimo y guardar cama por su pierna enyesada no le pareció un calvario. Dejé a la otra empleada, la mamá de la Jenniffer, a cargo de ella y de los niños y partí.

-¡No sé a qué horas vuelvo! -fue mi despedida, fingiendo una voz casual. Noté la mirada fría de Jorge Ignacio-. En Estados Unidos estaremos juntos día y noche, ahora debo ver a la gente que no irá con nosotros.

Partí sin mirar atrás. No quería sobre mí el hielo de esos ojos, y me fui pensando que en el futuro no habría nunca hielo, a costa de mi sacrificio, nunca hielo, tonta Blanca.

Llegué a casa del Gringo, apurada por devorarlo.

El abrazo fue el más apretado que nunca recibí. Hasta dejarme exangüe. Sus brazos fuertes me enjaularon, me sujetaron, me aprisionaron, me contuvieron. Y en ese instante estuve segura que hasta el final de mis días reviviría ese abrazo. Yo me entregué a la euforia de la bienvenida, sabiendo en mi interior que hablaríamos de despedidas. Pero creí que solamente lo haría yo.

–Ven, mi amor, te llevaré al lugar que más quiero, vamos a mi casa en el campo.

Debíamos estar juntos allí, necesitaba que la madera de mi casa lo acogiera, necesitaba que él me confirmara en ese lugar.

Manejé por el camino de mi niñez, y cada partícula de aquella materia volvió a vivir, sólo porque él la miraba conmigo.

Abrí la botella de vino mientras ardía el fuego de la chimenea en mi dormitorio. El atardecer fue el más limpio de cuántos recuerde. El Gringo tocó las naranjas y los limones, olió el azahar y miró los cerros, como si bautizase mi tierra.

Le dije que el verde de la mesa de pool era el de sus ojos y sonrió. No me preguntó por qué tenía esa mesa ahí. Tampoco le conté que la había comprado para entusiasmar a los dos hombres de mi casa, pues ellos no amaban este lugar mío. Se aburrían en él, les hacían falta tantas cosas. Ingenua, pensé que la mesa de pool podría suplirlas. Vinieron un par de veces para que me pusiese contenta y no volvieron. Trinidad y yo en el campo, Juan Luis y Jorge Ignacio en la ciudad.

Cuando nos acurrucamos al lado del fuego con el vino tinto, él prendió ese cigarrillo. Adheridos, como si nos hubiesen cosido, atado, alguna parte del cuerpo sujeta, eslabones uniéndonos. Entonces me lo dijo.

–También yo me voy, Blanca. Me voy a Australia.

–¿Qué? –era como si me dijese que se iba a Marte, no, nadie podía irse a Marte.

–No tengo nada que hacer aquí. Lo he pensado largo, no quise contártelo hasta tener la seguridad...

–¡Pero cómo puedes irte si me quieres...!

–¿No te vas tú a Nueva York?

–De acuerdo, pero estaré viniendo, lo haré por ti...

–Blanca, Blanca, no nos mintamos. Nada es tan fuerte en ti como tu propia tradición. Vendrás a Chile porque tu clan estará aquí, porque este campo estará aquí, y además porque estaré yo. ¿Es cierto o no?

Lo miré dubitativa.

–Sí, es cierto.

–Créeme, si tú hubieses sido otra, me habría jugado por Chile, por quedarme. Pero no eres esa otra ni yo quiero que lo seas. Me enamoré de ti, y lo asumo.

–¿Por qué dices eso?

–Porque primero estarán siempre tus hijos y tu marido, porque nunca lo dejarás. Porque incluso frente a Nueva York has sido incapaz de decir no. No lo dirás nunca, Blanca, ¿verdad? ¿Vale la pena quedarse, entonces? Recuerda que no tengo anclas y que además, este país me duele. Dos razones para seguir dando vueltas por el mundo.

–No te vayas, Gringo. No me dejes.

–¿No te das cuenta que ya me has dejado tú a mí?

–Es que Australia está tan lejos. Por lo menos si eligieses otro país...

–Es su lejanía lo que me arrastra hacia ella.

–¿Tiene esto que ver con el Informe y con la pena de los demás?

–Te dije que me dolía este país, si a eso te refieres.

Unos instantes de silencio, yo le seguía concentrada los pasos a su respiración.

–Este país está insensible, porque no puede más, porque el daño ha pasado a ser parte de él, y ha construido su orden sobre este daño.

–No hables de país, hay de todo...

–Se convivió con el horror tanto tiempo, Blanca... –sus dedos largos cruzan con suavidad mi cabeza y se sumergen en mi pelo, su mirada se ha puesto ausente–. Hubo que negar este horror y excluirlo para resistirlo.

Lleno su copa otra vez, también la mía, si pudiera empaparme de vino entera.

–Soy un ser que vaga, y eso siempre lo supiste.

–Pero, ¿por qué te fuiste la primera vez? ¿Porque te habían detenido?

-Me fui por el mismo horror del que te hablo. ¿Cómo lo hacía para reconocerlo y sobrevivir simultáneamente? Creí que el aislamiento y el encierro en mí mismo podrían evitar el sentirme siempre amenazado. No todos lo vivieron así. Hubo muchos a quienes su compromiso salvó. Las causas sostienen..., pero yo no tuve más causa que mi propio miedo. ¿Sabes, Blanca? -juega siempre su mano con mi pelo y se la tomo, restregándola, fijándola, no se vaya a ir esta mano-. Esos años en el Sur, en Aysén... me dediqué a expulsar de mi mente todo lo siniestro... temí en algún momento de conciencia convertirme en un sicópata. Programé mi exclusión del mundo, hasta convertirme en un apático, en un indiferente.

-Pero, dime, Gringo ¿por qué no la peleaste?, ¿por qué te dejaste destruir?

-No tuve la capacidad de elaborar la tortura...

¿Y porqué no pediste ayuda? Victoria me ha contado... dice que los sicólogos han ayudado a otros...

-Supongo que se necesita un mínimo de autoestima para eso... y yo no la tenía...

¿Y quién paga por todo eso?

-El cuerpo... siempre un lugar simbólico.

-Ese cuerpo que me va a dejar...

-Perdón, mi amor, pero debes comprender: para esperar cualquier cambio de verdad, habría necesitado recordar, sentir, llorar. No pude -se suelta de esta jaula que son mis manos, me toma el rostro con las suyas y me clava el verde con infinita ternura-. Me perdí a mí mismo.

Miramos los dos al fuego como si el fuego nos diese una escapatoria, como si en las lenguas naranjas pudiésemos encontrar alguna respuesta. Gringo, mi Gringo, qué te han hecho, qué te hicieron, mi amor, dímelo, por qué te ocurrió todo esto, habla que mi corazón se va a partir, habla de una vez, Gringo, cómo sanarte, no resisto tu pena, no la resisto...

Y entonces dijo aquello, por segunda vez desde que nos conocíamos, nombró esa palabra que nos taladraba, esa palabra que sólo se pronunció hace mucho tiempo atrás, cuando conocí el departamento del centro de la ciudad.

–Mi impotencia es mi único lenguaje del dolor. Quizás podré sanar el día en que elabore este duelo.

Enterré mi cabeza en su regazo y cerré los ojos llenos de él.

–Princesa mía, al menos quiero que lo sepas: has ayudado en este proceso. Has ayudado, con tu ignorancia y tu ingenuidad, has ayudado mucho más de lo que tú misma sospechas.

Nos besamos y en ese beso se nos fue la vida.

Mi cama allí era *mi* cama y por eso pude tenderme con el Gringo en ella, sin culpa ni traición. Lo desvestí como si fuese la última vez y lo toqué con verdadero frenesí. Nos acariciamos largo, largo como sólo un hombre y una mujer que saben de carencias pueden hacerlo. Recorrí su cuerpo besándolo parte a parte, centímetro a centímetro, no fuese a quedar un solo pequeño espacio que no llevara la huella de mi boca. Sentí que su miembro se endurecía más de lo habitual y lo adoré por eso y lo besé y lo lamí con el amor más grande de la tierra. Volvió su cuerpo sobre el mío, de nuevo es ese abrazo hambriento y abrí mis piernas sujetándolo sobre mí. Dije palabras que nunca había pronunciado, que no sabía siquiera que supiese, que tampoco sabía qué había llegado a sentir, que nunca estuvieron en mí con anterioridad, todas las palabras que se pueden decir y todas me parecieron legítimas y suyas y verdaderas y reales. Tuvo una mirada nueva mientras nos acoplábamos y sin darnos cuenta, como si ambos fuésemos otro, empezó a penetrarme. Lenta, muy lentamente. Nunca su dureza llegaba al punto de poder hacerlo y yo –en alguna parte de mi mente siempre esperaba ese toque, esa rotura, la que me constatara que éramos solo uno. Como la virgen que lo necesita para saberse poseída, comenzó ese desgarro que nos salvaba. Y al unísono se situó ese desgarro en mi sexo y en mi alma, sentí su profundidad en mí, abrí más y más las piernas dándole la bienvenida, abierta y rasgada, lo recibí y al ser penetrada quise que me rompiera, que me rajase entera, que me perforara. Más y más. Hasta que por fin pudimos fundirnos y supimos al acabar que éramos un solo ser, no fue posible distinguirnos uno del otro, éramos la misma cosa, una misma misma cosa.

Comenzamos a despegarnos poco a poco para mirarnos, y como dos ciegos nos tocamos, como ciegos a los que les basta las manos, recojimos cada detalle de nuestras caras y las guardamos como en un camafeo. Apañó mis ojos y me habló besándolos.

–Bien sabes que no creo en Dios. Pero algo así debe ser la comunión.

No logramos hacer nada sino cerrar los ojos en el silencio del campo.

Seguí con los ojos cerrados soñando, soñando que me iba con él hasta el fin del mundo. Entonces me besó los párpados cerrados y me dijo en un murmullo.

–Que se duerma mi princesa.

Inundada de la más total plenitud, la que no tuve nunca antes ni después en la vida, me dormí. Debe haber sido ya tarde, ya noche, cuando sentí ruidos. Fue un sexto sentido el que reaccionó a algo que enturbiaba esa paz. El Gringo dormía como un ángel a mi lado. El sueño de los justos, pensé al mirarlo, y comprendí que dormiría como no lo había hecho en años. Me levanté en puntillas, en silencio me puse los calzones y su sweater largo, lo primero que encontré a mano. Siempre recordaré el olor rápido de transpiración de ese sweater. Bajé las escaleras, estaba oscuro. Abrí la puerta de mi casa y vi lo que nunca esperé ver: el acero azulado de un BMV. El corazón me latió como una perfecta maquinaria cuando se dispara y pierde su rumbo. Reconocí las dos figuras adentro del auto. Corrí hacia ellos.

–¡Llegaste! –casi sin voz.

–Parece que no me esperabas –la de Juan Luis era gélida. Y mi hijo a su lado.

–No, creí que llegabas mañana –¿notaría él cuánto temblaban mis palabras?

–¿Qué haces aquí, si me permites la pregunta?

¿Pretendía hacer un escándalo delante de Jorge Ignacio?

–Vine a buscar unas cosas y me tendí y me dormí.

Juan Luis abrió la puerta del auto para bajarse. ¿Cómo detenerlo?

–No, no te bajes, es tarde. Vámonos juntos a Santiago.

¿Y tu auto?

–Vengamos a buscarlo después, igual debemos acarrear tantas cosas –¿de dónde salía ese dominio que parecía estar demostrando?

Miró bien el pasto y el jardín y pareció consolarse cuando vio solamente el Peugeot estacionado, sólo escenario conocido. Quizás yo no mentía.

–Espérame aquí –le ordenó a Jorge Ignacio, que ya abría su propia puerta.

Caminó conmigo hacia adentro.

–¿Por qué tiemblas?

–Tengo frío.

–¿Por qué estas casi desnuda? Blanca, ¿qué pasa?

Y algo inexplicable me sucedió.

–Juan Luis, baja la voz y te lo diré. Hay un hombre arriba, un hombre que duerme y que vino conmigo y al que no volveré a ver. Por el amor a tu hijo, y por todos estos años, déjame vestirme rápido, en silencio, y partir contigo. Que Jorge Ignacio no se dé cuenta de nada.

Luego hablaremos, cuando estemos los dos solos.

–No te creo –fue cuánto pudo decir.

Fue la sorpresa que lo paralizó. Era lo último que habría esperado de mí. Se quedó donde estaba, sin cruzar el umbral de la puerta. Una estatua Juan Luis.

Aproveché su inmovilidad, sabía que no duraría. Subí rapido, me saqué el sweater del Gringo, mientras él soñaba –en otra galaxia, probablemente–, mientras no sabía cómo yo lo protegía. Me vestí con total rapidez y dejé las llaves de mi auto en el hueco de la almohada, imposible que no las viera, él comprendería. Lo miré y me despedí con los solos ojos.

Bajé en un instante y me dirigí al auto de mi marido, éste aún petrificado en el umbral de la puerta. Pero no fue capaz de partir con la dignidad que yo esperaba, como habría partido yo. Entró y subió las escaleras. Lo raro es que lo hizo sigilosamente. Miró a través de la puerta de mi pieza, comprobó que era cierto, y bajó. No despertó siquiera al Gringo. Subió al auto, lo hizo partir, aceleró fuerte y se alejó del lugar. Cuando ya salíamos a la carretera, detuvo el motor. Se bajó, dio la vuelta y abrió la puerta de mi lado. Me tomó del pelo y levantó su mano. Me cruzó la cara con esta mano, impregnada de rabia y descontrol.

–¡Puta!

Jorge Ignacio miró esta escena aterrado.

–¡Por el amor de Dios, Juan Luis, está tu hijo ahí!

–¡Que sepa mi hijo la madre que tiene! –y volvió a pegarme. Más que los golpes, me dolieron los ojos testigos, esos pobres ojos de mi niño. Mi niño grande.

Yo creí que las mujeres a quienes les pegaban eran otras. No yo.

Manejó en el más total silencio.

Y en ése, el silencio de la carretera, cuya helada tensión pudo convertir el aire en verdaderas estalactitas, yo tuve sólo tres pensamientos: el primero, si Honoria no hubiese estado accidentada, esto nunca habría sucedido. Ella lo habría retenido, la casa no hubiese dado esa sensación de abandono, Jorge Ignacio no habría estado ofuscado y a Juan Luis no se le habría ocurrido partir al campo. Honoria vio una sola vez al Gringo y su sabiduría de siglos lo debe haber sabido. El zarco, lo llamó, el hombre de los ojos claros.

El segundo pensamiento fue que Juan Luis era un cobarde. Prefirió pegarme a mí que pegarle al Gringo, debe haber divisado su porte en mi cama y decidió no enfrentarlo, mejor descargarse en mí -una acción, al final, gratuita- y de paso le quitaba al Gringo la posibilidad de defenderse, o de defenderme a mí, o cualquier acción de honor que el Gringo, por supuesto, hubiese preferido como desenlace.

Y el tercero, que esos golpes, y todos los que hubiese querido propinarme, bien valían la noche vivida.

Cuando llegamos a Santiago, me dijo.

-A mi casa tú no vuelves. Bájate aquí.

-No me bajaré a esta hora de la noche. También es mi casa, y está mi hija ahí. Tengo derecho.

-Has perdido todos tus derechos, Blanca, y más vale que lo vayas sabiendo.

Mi memoria ni sabe cómo llegué esa noche a San Damián. Pero sí sabe del último de los pecados que cometí frente a Juan Luis: entré al living vacío, me senté en el más grande de los sillones tapizados de blanco y allí deposité toda la bilis que mi cuerpo contenía.

Para siempre esa mancha en el blanco inmaculado.

Así fue como empezó la guerra.

Así fue como me abandonó Juan Luis. Se llevó a mi hijo con él, quien al despedirse guardó silencio. Ni una sola palabra, mi hijo.

Mi familia vio la posibilidad de hacerle un juicio y quitarle a Jorge Ignacio, pero me negué: sería aún más traumático para él. Ya no era un niño, yo no lo forzaría a quedarse conmigo. Aún sabiendo que ello me rompería en dos, a Trinidad no quiso ni pedirla. No fue por hacerme un favor a mí, le sobraba la niña, era muy pequeña para hacerse cargo de sí misma. De lo que sí se preocupó fue de avisarme -por si tenía algún plan en la cabeza- que no extendería ningún permiso para mover a Trinidad del país. Inmovilizada Trinidad, gracias a nuestras maravillosas leyes. Inmovilizada yo. (¿Sabría algo de Australia? ¿O actuó bajo mera intuición?)

Juan Luis decidió irse a Nueva York de inmediato. No volvió a dormir en nuestra casa, fue sólo a hacer sus maletas y a ver qué se llevaría. Habló antes con un abogado. A mí me representó mi hermano Arturo. Quiso dejar andando los papeles de la nulidad y yo no me opuse. No me volvió a ver luego de esa noche. Se las arregló para evitarme, y yo no tenía nada, absolutamente nada que decirle. Partió con Jorge Ignacio. Nos quedamos las mujeres en San Damián: Trinidad, Honoria y yo.

Aunque la familia no vio con buenos ojos el que yo tuviese otro hombre, se puso de mi parte como corresponde al espíritu de clan y consideraron altamente reprobable la actitud de Juan Luis, la de quitarme a mi hijo, y la de golpearme, cosa que me preocupé de divulgar. Ellos se hicieron cargo de todo, poniéndome como condición no volver a ver a este «otro» por un tiempo, lo entorpecería todo, Juan Luis podría estar siguiéndome por si yo acudía a los tribunales, incluso podía ejercer acción contra Trinidad si provocaba aún más sus iras. Accedí; habría accedido a cualquier cosa en el estado de presión en que me encontraba. No pensé en los plazos del Gringo, en Australia, todo lo dejé para después. Sofía dice que en alguna parte de mi conciencia culpé al Gringo por haberme desbaratado la vida. Eludí las cosas prácticas, estaba demasiado destruida para pensar en ellas. Mis hermanos lo hicieron por mí y se preocuparon de la partición de bienes y cosas por el estilo. Hubo frases grandilocuentes como las de mi padre: nadie estafará a mi hija, para algo sirve la sociedad conyugal y el capital que su padre ha aportado a ella. Y frases irónicas como las de Pía: cartuchona serás pero no huevona, hermanita.

Naturalmente los ahorros, todos a su nombre, partieron con él. La casa de San Damián era un regalo de mi padre y estaba a nombre mío, todo un capital, decía Arturo, no debía inquietarme. Pero vendría más adelante el día a día. Entonces debí mirar el campo por primera vez con otros ojos. En el futuro debería atender las explicaciones y cuentas de su administrador -otro de mis hermanos- y por fin escucharlas. Lo que antes fue accesorio pasaría a tomar un lugar central. Y me encontré orgullosa de tal sustento, de comer por fin del fruto de la tierra.

Déjame intervenír por primera vez.

Yo estaba contigo esa noche. ¿Quieres que recordemos juntas? ¿Me escuchas, Blanca?

Tus ojos eran de una profundidad tan, pero tan bella... no sabes qué belleza había en tus ojos. Te distrazaste, te maquillaste dramática, te vestiste toda de negro, una Juliette Grecó de los noventa, y trágica apareciste, larga, el kohl en los ojos, negra, tu pelo rubio, sólo algo de plata colgaba de tu cuello delgado y era redondo el negro en el escote de tu garganta.

Entraste jugando el unico rol –creiste tú entonces– dramático de tu vida. Nos miraste a los tres: Sofía, el Gringo y yo, demudados ante tu solemnidad, ante esta Blanca transformada.

–Me quedaré contigo –le dijiste al Gringo y el kohl en tus ojos los profundizo aún más.

Los tres mudos, mirándote en silencio.

Mi Blanca, alba en tu inocencia, trágica, bella, perdida, temí que tu esbeltez te quebraría. Quedaste parada en el centro, sola como nunca lo estuviste en tu existencia.

Los deseos se torcieron y tu esbelta palidez se estrechó.

Sus raíces no estaban en ti, no estaban en tus arterias ni en tus venas ni en esos delgados huesos, ¿no lo sabías? Llegaste a él hambrienta y mutilada, y tampoco lo sabías. Diviso la punta de tu lengua rozando tus propios labios, Blanca, obsesiva mirando los suyos.

–Me voy –te contestó él.

–No, no puedes irte.

–Parto.

–¿Por qué? –le preguntaste una vez más.

–No hay lugar para ningún sueño aquí... por lo menos allá tengo la evidencia de la falta de sueños.

–Habrá vacíos allá...

–Prefiero esa vaciedad a este lleno engañoso.

Fue más tarde que murmuraste.

–Aquí estoy yo, Gringo. Al menos esta patria me tiene a mí.

–No me basta, Blanca.

Te corrió una lágrima y él te dijo.

–Vente conmigo.

–Imposible. Está mi hija –y luego agregaste: –Y están las raíces.

Alargaste tus manos. Mis manos impías, dijiste. Y el Gringo te envolvió una, luego la otra.

Sofía y yo los abrazamos. Sofía y yo estábamos tristes como ustedes. Todos estábamos tristes. El Gringo partía. Todas quedábamos solas. No era tu única soledad.

Fue el día de tu máximo esplendor. Si te hubieses visto, por una vez habrías creído en tu belleza.

De negro en tu blancura solitaria, desde las honduras mismas de la materia apareció esta visión que nos enmudeció a Sofíá, al Gringo y a mí. Y él te dijo que te recordaría siempre con la tierra como tu telón de fondo y todos pensamos más allá de los cerros y de los naranjos.

Trasunta tu desamparo, Blanca, como los hogares de los pobres los domingos, cuando la precariedad les convierte ese día en extramuros. Esa eres tú hoy.

Te colgaste de él, te arrodillaste y abrazaste sus pies. Inmóvil el abrazo, inmóvil el Gringo que sabía que de todos modos iba a abandonarte.

–¡No me dejes, Gringo!

–Volveré por ti. Volveré por ti... mi amor –Sofía y yo fuimos testigos del único eslabón para tu esperanza.

Esa noche fuiste de fuego. Tu intensidad nos amainó, tu audacia nos acobardó, tu soledad nos advirtió. No aflojes, te dijimos Sofía y yo sin palabras.

Han hecho diana en ti, te han herido, Blanca en llamas, ¿tienes miedo?, ¿quieres huir?, ¿ temes que te arranquen de cuajo el corazón?

Tanto sudor..., ¿no temiste derramarte? Tanta saliva... ¿no temiste secarte? Tanta humedad..., toda la humedad se desprendió de tu cuerpo esa noche. Y no la recobraste como rocío.

Latente y sorda tu aflicción. ¿Y la rabia? La rabia... ¿dónde? Tus lamentos en silencio. También yo lloré esa noche por ti, pero resentida, resentida yo por tu propia falta de resentimiento.

Soy frágil, Sofía, fueron tus pobres palabras.

(Esa fragilidad explotaría más tarde en mil fragmentos.)

Me dijiste un día, el mundo del dolor ha pasado a tener un nombre para mí: Victoria. Ahora te digo, sin piedad, que ese nombre es el tuyo.

Para Victoria han pasado quince años de suplicio sostenido. Su daño es ya casi atávico, y créeme, Blanca, irreversible. Ni a ella ni a los otros los salvarán. Nada los salvará. Te insisto: el daño ya los ha horadado y tú pareces aún no comprenderlo.

Tu callado sufrimiento fue otro. Y podrías haberlo aliviado. No eras la primera mujer del mundo que pierde al marido y al amante. Pudiste renacer mil veces, cosa que a Victoria le está vedada. Pudiste empezar de cero y hacer una linda corrida. Pero para ello debías sacar la rabia. Reaccionar. Y enjuiciar: enjuiciar a ese par de hombres que amaste y borrarles el maquillaje, frotárselos sin temor a la luz cruda. Quizás con Juan Luis hiciera menos falta. Pero el Gringo...

Yo también estaba hechizada con el Gringo, Blanca, todas lo estábamos. No niego las muchas bellezas de ese hombre. Tampoco niego tu amor ni te lo desatiendo. Pero ninguna verdad es total, nada del todo blanco, nada del todo negro. Y si hubieses hecho la prueba de amar a un Gringo de verdad y no a ese vikingo etéreo que tú inventaste, me inspiraría más respeto tu devoción. Si ibas a desangrarte por él, al menos hacerlo por el hombre de carne y hueso y no por el que tus ojos nublados desfiguran. Hacerlo por ese hombre que no conoció el compromiso, que se solazó en el tormento sin mover un dedo para salir de él, por ese hombre que arranca y arranca cobarde, que no fue capaz de quedarse contigo cuando tú más lo necesitabas. Desángrate por ese hombre que no sospecha lo del vocablo amor. No, no lo sospecha, Blanca.

Sólo sabe del juego del estar y no estar, como la más vil de las histéricas. Es ese tu hombre, el que a veces tiene un horrible rictus en su boca. El que huele a humo y no a carne. El que se esconde tras la música y los libros, pedante, porque no tiene los cojones para vivir fuera de ellos. El que no te quiso, Blanca. ¿ Quieres más o me detengo ya?

Estabas tan indefensa esa noche, tan indefensa..., cualquiera te hubiese podido adueñar. Podría haberlo hecho un amor grandioso o una iluminación, pero fue el rayo del que habló Honoria.

Juan Luis, Jorge Ignacio, el Gringo. Tres veces negada. Como víctima de Pedro has sido.

Negada, herida, y humillada. Y esa noche adherida a él le rogaste que te detuviera para siempre, estatuas de sal, sin salida para el lugar de allá o de acá. No podías soltarlo. Era la balsa escapando de tus manos en el río.

La balsa se fue.
Y el Gringo también.

Luego te fuiste tu, a tu singular manera.

Y así fue como nunca llegué a vivir a Nueva York. Y así fue también como murió la mitad de mí misma.

Una parte mía murió cuando partió mi marido con mi hijo. Supe, a ciencia cierta, que nunca más sería la misma. Pensaba en esa última noche en el campo y algo me decía que la fuerza de la nostalgia no era equivalente a la simple y loca ambición de la resurrección.

Tercera parte
(EL CAMPO)

Así escribió Emily Dickinson:
«como se dijo del Pájaro convaleciente:

Y elevó luego su Garganta
Y esparció tal Nota—
Que el Universo que la oyó
Aún está por ella herido—».

Así me habló Emily Dickinson.

El gran error del fonoaudiólogo fue traerme las cintas en que grababa nuestras clases para que escuchara «mi aprendizaje».

Me las puso en la grabadora que siempre ocupa. Nunca lo había hecho. Probablemente pensó que me estimulaba, que la deficiencia me impulsaría a poner más de mí misma. Tremendo error.

Oí esas cintas.

Fue al final de ese día que tomé mi decisión.

He optado por el silencio.

Para decir pedazos de palabras sin control de su tono, para escuchar con mis propios oídos esos ruidos guturales que nada tienen que ver conmigo sin responder a la orden que le doy a mi cerebro, para sentir cómo mis cuerdas vocales se disparan cambiando la intención que viene de mi mente, prefiero guardar silencio.

Yo, la más hastiada.

El hastío.

Hastío que sentía, hiciese lo que hiciese. Hastío al despertar cada mañana, al bañarme y al vestirme, al caminar mi casa y constatar cada orden hecho por mis manos, al atravesar los ventanales ociosos, hastío que no dejaba de sentir al mirar la cara leal de Honoria, al escuchar la voz de Trinidad, tan querida, al sumergirme cada noche en esa gran cama protectora, al vivir la suavidad de las sábanas -tiernas las sábanas que me hastiaban- y el hastío no se detuvo nunca, al peinarme en el espejo y verme aún, ni siquiera en la risa de Victoria o en la solidaridad de Sofía. Hastío que seguí sintiendo hasta del recuerdo del Gringo, de sus brazos y del porfiado verde de sus ojos, hastío siempre, hasta ese momento exacto en que escuchando la cinta con mi nueva voz -sonidos incrustados en la garganta- construyendo una Blanca nueva y furiosa, decidí que jamás habría de hablar de nuevo y que mi voz desaparecería para siempre, en la memoria de los otros y en la propia.

Comienza esta extraña liberación.

MI decisión lo marcó todo. Fue empezar otra vez -otra maldita vez- de cero. Empezar del silencio total para quedarme en él.

Blanca está loca.

Eso dijeron cuando me cubrí con las sábanas ante la súper experta, esa pedante que me trajeron cuando rechacé seguir con el fonoaudiólogo. «Soy una especialista en problemas del habla y del lenguaje...». Aludió también a «graves transtornos de comunicación». La detesté. No salí de mi escondite de las sábanas. Odié su boca angosta, siempre es la avaricia en los labios angostos, ese pelo tan negro y el vestido naranja. ¡Nadie puede vestirse de naranja!

Me quemo en mi propia violencia.

Me llega el murmullo: Blanca es una cobarde. ¿Es el murmullo de mi imaginación? Claro, para Sofía mi opción no puede sino depender de la cobardía.

La inmadurez, Blanca, es tener fantasía de cosas efímeras, me dijo Alfonso un día, hace años, temeroso que cuanto yo quisiera fuese de corto alcance, o de cosas que duran poco.

Cuando yo era chica tenía enorme atracción por los enanos, aunque no por los enanos feos ni deformes. Supongo que debí haberme inspirado en los de Blanca Nieves. Y el anhelo más ferviente era tener uno para mí. Elegí un pequeño montículo de tierra seca en el campo y decidí que allí aparecería uno. ¡Qué voluntarismo maravilloso en esa edad! Yo estaba convencida de que mirando fijo la tierra, por el sólo fervor de mi deseo, el enanito aparecería. Cuanto más miraba, más segura estaba de que él llegaría. Me costó mucho entender que ello no sucediera, y al lamentar que los designios fueran tan avaros, comencé a crecer.

Una sola cosa necesitaba decir antes de enmudecer del todo, una sola. Debía pedirle a Sofía o a Victoria que le avisasen al Gringo. No de mi enfermedad, por ningún motivo. Al contrario, que le dijesen que me fui a Nueva York. Era la única noticia que me daría la seguridad de que él no volvería. Así no tendría ni la compasión ni la mirada del ayer sobre un hoy repulsivo. Todas las humillaciones por las que he pasado desde que enfermé palidecen ante una irresistible: que el Gringo me viese en estas condiciones. Evitarlo como fuera, aunque significasen todas las sesiones que hice con el fonoaudiólogo y los esfuerzos hasta que me comprendieran: que el Gringo no vuelva por ningún motivo. Sofía lo entendió, el Gringo no volverá. Ya puedo enmudecer en paz.

Permanecer así, con la ilusión de que habría vuelto algún día a buscarme.

Trini delira de fiebre. Busco el termómetro, se lo pongo, trato de discernir el resultado, no puedo. Qué más da. Que diga 39 ó 41, Trini arde igual. La fiebre de los niños fue siempre un asunto mío. Nadie sino yo las veía venir, especialmente en Trinidad, que daba menos índices de albergarla en el cuerpo que cualquier otro niño. Nunca Juan Luis ni Honoria ni mi mamá captaron las fiebres de mis hijos. Fui siempre yo.

Traigo paños fríos, se los pongo en la frente, en el estómago, ella grita, la abrazo. Pasan las horas, no pareciera bajarle. Me apego a ella y la acaricio en la oscuridad.

Pienso en las noches de las mujeres: qué gran injusticia son las noches de las mujeres, las únicas del hogar cuyos ojos son permanentes lámparas encendidas, oídos escrutadores, atento al acontecer de las tinieblas . El ronquido del marido, la pesadilla del niño, la rata que cruza el techo con raro y distinto estrépito, el desvelo del hijo mayor. Todo en sus manos. Todos duermen tranquilos; ella vela. Ella es la asequible: la guardiana de la noche.

Afásica y todo, al menos Trinidad me tiene a su lado. Hace años mamá me dejó: partió con papá a Europa en medio de mi escarlatina y de mi fiebre tan alta. Yo tenía la edad de mi hija. A Trini no le ocurrirá eso. Me tiene.

Trini, trinidad, mi trino, mi trinante.

Al día siguiente, Pía llama al doctor.

–¡Y no le pusiste un supositorio siquiera! –me acusa Pía.

Ya sé. La familia decidirá que no estoy capacitada para cuidar a una niña tan pequeña.

No la soltaré, aunque sea lo último que haga en mi vida.

Oigo de una plaga de ratones en el barrio. Demolieron una casa antigua para hacer otro de esos palacetes al estilo mexicano, tan de moda entre los ricos recién llegados que se tomaron este barrio. Mucha fachada estilo Barragán, pero olvidaron desratizar.

Pía llama a una empresa de nombre Terminator, para desinfectar nuestras dos casas. A los pocos días de terminado el trabajo, entro a mi baño en la mañana. Como de costumbre, cierro ambas puertas con pestillo, la que da a mi pieza y la que da al patio de luz lleno de plantas. Prendo luces y termostato y me instalo ceremoniosa al lado de la tina, pongo el tapón y echo a andar el agua caliente, gozando con su contacto cada vez que interrumpo el chorro con mi mano. Y de repente siento una presencia extraña. Ojos que me miran fijo. Frente a mí, a medio metro, un enorme ratón -guarén, para ser precisa-, ni muerto ni vivo. Atontado, envenenado, mirándome fijo.

La suma de esos ojos, más el hermetismo en que me encuentro adentro del baño, me hacen pensar que estoy atrapada. El grito se escucha hasta la casa de Pía.

Ese ratón agónico exhibió lo que yo tenía escondido: mis cuerdas vocales asquerosamente vivas.

Soy una éscoria. Debo serlo, si no, ¿por qué me miran así?, ¿por qué me tratan así?

Reconozco entre mis libros aquel regalo del Gringo,*La campana de cristal* de Silvia Plath. Lo que más me identificó con la protagonista -sin sospechar cuál sería mi futuro- fue el cómo del suicidio. Cómo matarse, desde un punto de vista físico y material, llena páginas y páginas de la novela. Nada de abstracciones. Le comenté entonces al Gringo que los hombres son más heroicos en el suicidio, no les importan la violencia ni la sangre. Nosotras, en cambio, en nuestra infinita estupidez -¿o sabiduría?- buscamos cómo morir entre almohadones. Sin dolor, sin conciencia, sin estridencias.

Si Sofía o Victoria temen alguna acción de mi parte, ahora que he truncado mi tratamiento, pueden estar tranquilas. *La campana de cristal*: con sólo mostrarles el libro comprenderán qué quiero decir. Y no es por un problema de principios (ellas cuentan con que yo los tengo). Es que no me mataría básicamente por no saber cómo hacerlo. Es mucho más complicado de lo que la gente cree.

Cualquier violencia me repugna. Ojalá morir en blanco... La ilusión de una muerte blanca, como los ángeles.

¡GANÉ!

Alfonso ha conversado con el neurólogo. Nadie aprende nada cuando se le obliga a ello, menos un afásico, le ha dicho. Obligar al paciente contra su voluntad a la reeducación puede significar cerrar la puerta a la rehabilitación para siempre.

Todos me miran francamente desesperados; no saben qué hacer conmigo. Y les sobro, les sobro, les sobro...

Ha llegado una postal de Nueva York. La miro y mi corazón suspende el latido. La esperé tanto. Han debido obligar a Jorge Ignacio a escribirla. Con tal devoción seguí cada timbre del cartero. Y nada. Esperé -oportunista- que mi enfermedad lo ablandara. Al no verme, no puede sospechar cuán desvalida estoy. Si me encontrase, ni siquiera cobraría sentido el rencor. Quizás por eso mismo lo evita, son demasiadas emociones y todas muy contradictorias para su alma tan joven. En arrimarse a su padre no existe ambigüedad. Allí tiene certezas, como las tuve yo muchos años.

Sofía me lee: «Por la abuelita estoy al tanto de tu enfermedad. Espero te mejores pronto. Yo estoy ocupadísimo en los estudios, debo sacarme la mugre con el inglés para estar al nivel de los otros. En las primeras vacaciones que tenga -no se cuándo, por los cursos extra que debo tomar- iré a verte. Cariños, Jorge Ignacio».

Me quedo pensativa. Cariños, Jorge Ignacio. Eso es lo más que puede decirle este hijo al pedazo de madre que le queda.

Miro a Sofía y niego con la cabeza.

-¿No quieres que venga?

A mi modo, digo que no.

-¿No quieres verlo hasta que realmente te haya perdonado?

Me levanto y beso a Sofía. ¿Qué haría sin ella, la traductora de toda esta ignominia?

-Tienes razón. Esta postal no es precisamente el anhelo de la reconciliación. Se lo diré a tu madre.

«Espero te mejores pronto». ¿Sabrá lo que dice este hijo mío? ¿Sabrá cuán vacía es su formalidad? «Espero te mejores pronto». ¿Alguien le miente? ¿Sabrá que el único cambio posible es a otro peor? ¿Le han dicho que puede venirme otro ataque? Sé que Alfonso les escribió y él no dice mentiras.

Ahora que soy una desertora, o que estoy al borde de serlo, me pregunto por la mutabilidad de las identidades. ¿Cuántas se tienen en la vida? ¿Quién me enseñó que para las mujeres de mi especie había solo una? ¿Cuánto se habrán roto las otras, las que comprendieron que eso no era cierto, que el crecimiento podía arrasar con las identidades y hacerte caer mil veces en el polvo, desafiando toda esta rigidez que nos crió? ¿Debo culparme? Me acomodé fácilmente a un triunfo mediocre, no me atreví a mirar muy lejos. Devaluada yo, mi género devaluado. (Juan Luis era un hombre, yo era una mujer, nada más. Victoria y Sofía hablaban del género. Tanto hablaron de él que lo comprendí.) Anestesiado en su recorrido de silencio, en las preguntas que no se hicieron, en los moldes que se siguieron, en la violencia cotidiana de la no valoración, desolado mi género.

Sofía se ha ido y pienso en mi madre. Ni su olor me resulta ya importante. Y comprendo –de súbito– por qué. Es que la he perdonado. Porque si hoy se vuelca una balsa y las manos de mis dos hijos se tienden hacia mí, yo no dudaré: tomaré la de Trinidad.

A las tinieblas se llevaron mis palabras y a veces las busco, tendiendo mis oídos al silencio. El silencio escucha burlándose. Él y yo ya lo sabemos: las palabras no volverán.

Todas las palabras del mundo, en todas las lenguas, formulaciones y acepciones ya fueron dichas. Se han conformado en miles, millares de bocas y cerebros, todas ellas.

No me han dejado ninguna.

Las tinieblas me recortan del espacio de los otros y a su vez me resguardan. Me expulsan con ferocidad y sin embargo me dan fuerza. Una fuerza que desconozco y que no comprendo.

Siempre el abismo.

Me atollo en mis horribles ruidos y callo.

Sofía me urge.

–Y Dios, Blanca, ¿te da consuelo?

Mi cabeza responde no.

–Yo nunca he sido creyente, tú lo sabes. Me consuelan los ritos de la religión, no la religión en sí.

Sonrío suavemente, como para mí misma. Ella camina frente al ventanal de mi dormitorio, rubia la luz.

–Me gusta la figura de Jesucristo. Además de todo su valor, fue tan digno con las mujeres.

La miro sorprendida.

–Después de todo, Blanca, te envidio la fe. Da respuesta a cosas que no la tienen. Si estuviera en tu situación, me aferraría a eso para buscarle algún sentido...

Quisiera explicarle a Sofía que no tengo profundidad para abarcar lo espiritual. La observo sin expresión, la miro en su colorido castaño que me calma. Quisiera poder decírselo: mi cerebro, esta máquina descompuesta, ataja la trascendencia. Estanca cualquier interioridad que no sea la observación y la memoria.

Mi abuela me habló muchas veces de Dios. No manoseaba su llamado, como lo hacía mi madre. Para mi abuela la mística era un acto poético. Un día me dijo: poesía de Dios, cuando el oficio del poeta ya no es más que amar.

Para ella el sentido de la mística era la vivencia del contacto, las profundas ganas que la llenaba de energía y fantasía, alentándola a salirse de sí misma.

¿Cómo contarle a Sofía que es exactamente a *eso* a lo que no accedo? ¿Cómo contarle que si la mística fue eso para mi abuela, a mí me está vedada?

Los Silogismos de la Amargura: «¿Por qué el «Ser» o cualquier otra palabra con mayúscula? DIOS sonaba mejor. Teníamos que haberla conservado. Pues, ¿no deberían ser las razones de eufonía las únicas que regularan el juego de las verdades?».

Aunque hoy pareciera accesorio, el flujo de sangre menstrual es un alivio. Lo siento venir cada vez con la ilusión de que lo limpia todo, que arrasa con la inmundicia, que le da una salida a pesar de la inutilidad de su cauce, que esta sangre ha robado otra sangre a mis venas y me blanqueará en su rojo y me purificará. Todo lo que este cuerpo retiene parte en ese chorro y me deleita, me deja liviana. Como si la sangre de entre mis piernas se convirtiese en espuma y al deshacerse en mis muslos, los lavara. Una vez al mes tengo la esperanza de desintegrarme y de que la sangre por fin me lleve a mí.

Recuerdo vagamente en mis oraciones de la infancia, allí entre las oraciones hablaban, alguien lo decía, hablaban de la sangre redentora.

Llegó un momento, *entonces*, en que el pecado se convirtió en inevitable, como las leyes de la física. Yo nunca tuve la intención ni la sospecha... no habría elegido -de ser posible elegir- vivir algo así. No me sucedió antes y aunque no hubiese enfermado, no me sucedería después.

Fue sublime y eso me permitió involucrarme con el mundo, con el prójimo, conmigo misma. Cómo puede comprender mi pobre mente que la gran falta por mi cometida fue lo que me amplió, amplificó y pude entender por fin ese verbo de las escrituras . Yo fui -y soy aún- una mujer elemental. Mi relación con Dios nunca fue elaborada. Por ello me es difícil explicarme cómo, por qué cuando me fui de llena al pecado, nunca estuve más cerca de Él.

Viva que dolía, lo sentí entonces. Que ya podría morir sabiendo que tuvo un sentido mi pasada por la Tierra. Lo único sólido para acarrear a la etérea eternidad.

Noto a Alfonso un poco deprimido. Ha venido a almorzar conmigo. Casi nunca lo veo a solas, es un hombre tan ocupado. Me siento privilegiada de contar con su compañía: ya ninguna presencia es gratis.

Me dice que está preocupado. No, no solamente por mí, por la familia en general. Me cuenta de la adolescencia complicada de sus hijas y doblemente complicada en manos de Luz. Habla de Pía y de Víctor, de sus vidas vertiginosas y de la cocaína. Y de mi cuñada, la mujer de Felipe, que reemplazó a su marido por el whisky, ahora que él casi vive en el Parlamento. Me confiesa que Arturo tiene una amante y que no piensa renunciar a ella. Me consuela diciendo que todo esto es estrictamente privado. ¡Señor, qué familia! Parece que no éramos tan exitosos, después de todo...

Sentados frente al ventanal, fijo mis ojos en el pasto fresco y bien cortado, distraída, rumiando lo que Alfonso me ha contado. Pienso en mis cuñadas, en lo desdeñosas que siempre han sido, y apenas lo escucho levantarse y avisarme que pondrá un poco de música. Hasta que llegan esas notas, independientes por el cielo, por el aire esas cuerdas. Es Schubert, el Trío para Piano. Me tomo la cabeza, entran por mi cerebro esas notas en contra de mi voluntad. ¡Dios, me van a quebrar esos violines! ¡Me van a quebrar...! Miro a Alfonso como lo haría una desquiciada, la furia me acomete, empuño las manos y me tiro encima de él, descargándolas en su pecho. Lo golpeo, lo sigo golpeando enajenada, no puedo detener mis manos... Alfonso tarda en reaccionar, se contrae su rostro por la sorpresa primero, luego por la pena. Me toma por ambos brazos con manos expertas, me sujeta y me atrae hacia él. La música continúa, descompensándome por completo. Siento una mano recorrer mi cabeza, mi pelo... hace mucho que no sentía la mano de un hombre en mi cabeza, fuerza y ternura esa mano, este pecho en el que me reclino, conozco bien este espacio exacto entre el hombro y el pecho, el Gringo ha vuelto, es el cuerpo del Gringo el que me contiene, Dios mío, Dios mío, por fin en el sólo lugar del mundo donde debo estar, por fin... me aprieto a este cuerpo, me cuelgo de este cuerpo y allí me calmo. Siempre pude calmarme en esos brazos, los únicos de la tierra. Ya apaciguada, levanto los ojos... es Alfonso, no es el Gringo, es mi hermano Alfonso. La humillación se apodera de mí y pareciera que voy a deshacerme en llanto. Y todo sonido en mí es feo, todo sonido es quebrado, cómo no mi llanto.

Alfonso me ha acostado y me ha puesto una inyección. Corre las cortinas y me deja a oscuras. Pienso que me estoy volviendo loca, y en mi locura deliro por el Gringo, deliro y deliro, mi vida entera por un instante del Gringo, los labios de la herida hablan, insisten en hablarle a mi memoria, insisten.

Ándate de una vez, Blanca. Vuelve al fondo del espejo.

¡Los patos!

Quiero ser despertada por el saludo de los patos. (Montevideo, la última vez que estuve ahí, en el Hotel del Lago, los patos en mi ventana, la pequeña laguna en mi ventana repleta de la conversación de los patos.)

El campo.

Si puedo elegir mi propia cárcel, que ésta sea el campo.

Trini, Honoria, los patos y yo. ¿Qué más necesitamos? Al menos mi cama del campo tiene la huella del Gringo, la única cama a mi alcance que tiene su huella. Y allí nadie podrá atravesarme a ciegas, allí nadie olvidará tratarme como a un humano.

Pía dirá: ¿Y cuando Trini entre al colegio?

Hay escuela pública.

-¿Y si te pasa algo?

Hay un teléfono a diez minutos, en el retén de los carabineros.

¿Y si necesitan un doctor?

Está la casa del practicante, y si es más serio, bien, vendremos a Santiago. Estamos a una hora y media.

-Ya no puedes manejar.

Si el marido de la Tila maneja el tractor, igual podrá con la camioneta.

¿Y cómo te acompañaremos?

No me acompañen tanto. Vayan al campo cuando de verdad quieran verme, eso es mejor para ustedes y para mí.

¿Y qué hacemos con esta casa?

Me da igual, ciérrenla, véndanla.

En este minuto quisiera hablar, ay, cómo quisiera hablar y defenderme. ¿Cómo decirle todo esto a Pía? ¿Cómo combatir a un grupo humano entero que se ha adueñado, sin permiso, de mi voluntad? Blanca, no te desesperes. Las peleas debes darlas tramo a tramo. Sabes que Trinidad será el conflicto. Más adelante insistirán en que ella no puede educarse en el campo. Eso debes dejarlo para su propio día, más aún si tu mirada ya se ha acortado.

Ganaré igual, Trini se quedará conmigo. Será una rubia campesina y cuando los niños del pueblo se acerquen a tocarle el pelo, al menos sentirá enarbolar un destino más definido que el mío.

He embalado todo. La forma más certera de decir: es un hecho consumado. La familia, como lo preví, ha tratado de disuadirme.

-Es tu entrega final, Blanca.

Lo sé.

Ya ha pasado el tiempo suficiente, no es una afasia transitoria. Este lenguaje sustituto -el de mis ojos- me hace parecer menos normal aún de lo que soy. El confinamiento me hace sentir más incapacitada de lo que realmente estoy.

Lo sé.

La angustia aflora toda clase de malos sentimientos. No quiero estar más aquí. (Qué fácil es ser buena cuando la vida es buena con una.)

Y cuánto más categórica es una respuesta, más encubre la duda. Eso lo he observado ahora que lo observo todo. Por eso mi testadurez no tiene límites. Me ahogan, me ahogan las sutiles presiones. Ésta es mi decisión. Al final, los hechos no son los importantes, sino la fantasía sobre los hechos. Por eso me voy.

Total, es el aturdimiento siempre...

Abro mi enorme closet. Me entretengo eligiendo para quién va cada prenda. Hago tres paquetes: Pía, Sofía y Victoria. A mis cuñadas no les dejo nada. A Juana una sola cosa, pero sólida: un reloj de oro, regalo de aniversario, los quince años de matrimonio. No tengo nadie más a quién legar y me pregunto en qué invertí en mi vida si no fue en el afecto.

Sé que Sofía y Victoria no me abandonarán. Pía es mi hermana, no tiene remedio. Tendré la presencia constante de otro de mis hermanos, el que administra las tierras, incluida la mía. La gente no llegará al campo, Juana irá una vez a las mil, tendrá que pedirle a Gregorio que la lleve, no puede manejar con su único brazo. Cruzar la cuesta que lleva a mi casa de campo no es broma. Esa cuesta será mi escudo.

Elijo todos mis collares, pulseras, anillos, colgajos de toda clase, todo para Victoria. Se verán lindos contrastando su pelo negro. Me sumerjo en ese mundo femenino que es mi closet. Mis execrables trajes de dos piezas, cuando debía comer con los banqueros. Toco éste de color gris, tan buen corte y tan buen paño; sin embargo, nunca dejé de parecer una maestra rural en él. Y tantos zapatos, tacos altos, afirulados, puntudos. Los tiro todos con alivio y odio mezclados, los tiro en la alfombra y a patadas los convierto en una pila. Pía calza mi número, ella los necesitará además. Suspiro, nunca más un taco alto, nunca más una panty que jamás me quedaron bien de cintura y de piernas al mismo tiempo, tantos sobres aún cerrados, transparentes, de colores, con flores... nunca más. Miro mi closet abultado. *Bullshit*! ¿Cuál será la traducción exacta? En mi familia los garabatos se dicen en otro idioma, nunca en español. *Bullshit*, toda esta estupidez.

Lleno una caja grande con diversos cosméticos, sofisticadas cremas, perfumes... fuera. Por fin, todo fuera.

Quisiera la absoluta desnudez.

Lo que exige talla exacta va para Pía. Lo mas casual y ancho para Sofía -lo más hippie, dice Honoria, un poco pasado de moda su concepto. Lo más sexy para Victoria.

Tomo el abrigo de tigre. ¿Cuántas veces me lo puse? ¿Tres? Como se reirían los patos de mí: la mujer tigre entre los árboles del cerro. Victoria se sentirá la Sonia Braga dentro de él y se verá maravillosa. Luego el de zorro, no muy ecológico, pero largo y precioso, en diagonal sus mangas, enorme. Cuando Trinidad me vio en él la primera vez, se asustó. La segunda se me tiró encima, abrazando y abrazando el abrigo. Desde entonces, haciéndole cariño, se sumergía en él cada vez creyendo que era un león. Será para Sofía, siempre ha comentado lo lindo que es. Encuentro la blusa malva, esa de seda italiana. La toco y me arremete su sensualidad. Cuando lo conocí. Cuando el Gringo hizo una lazada y giró la cuerda sobre mi cabeza a lo mero cowboy.

Elijo un abrigo azul marino, sobrio y fino, lo guardo para la señora Yolanda. Voy al closet de Jorge Ignacio, saco para Bernardo lo que dejó. En un par de años todo le quedará bien. Me gusta que él tenga las cosas de mi hijo. Me cuesta abrir el closet de Jorge Ignacio, es una purgación lo que hago.

Se me llenan los ojos de lágrimas pero cierro inmediatamente el corazón.

Pienso que es fascinante ejecutar el testamento en vida. Uno se puede vengar gozándolo. Eso no les pasa a los muertos.

Está todo listo.

Una vez más Sofía ha tomado mi defensa. Frente a la familia en pleno, al tratarse el tema de Trinidad, ha dicho: ¡Quizás qué producto original se engendrará! Al menos se librará de varias... ¿Quién dijo que es la convención la que crea niños felices? Yo apuesto al amor de Blanca por ella y a la pureza del campo.

Efectivamente está todo listo. «Todo» significa: algunas cosas de mi cocina que Honoria y yo preferimos, mi ropa mínima, los juguetes de Trinidad. También el collar de perlas que me regaló mamá, quiero llevarme algo de ella. Una fotografía de mi hijo y la del Gringo. Los remedios, Sofía ya me prometió reemplazarlos cuando se terminen. Mi música, todo Schubert, todo Brahms, Mahler, Mozart. Y el *Réquiem*. Sea yo llamada con los benditos. Un par de libros que me dejó el Gringo, los quiero sólo para tocarlos, quizás Trinidad podrá leérmelos algún día. Qué poco necesito. ¿Por qué viví tan llena de cosas tanto tiempo? Ni mi cuerpo ni mi alma necesitan nada que no haya en el pequeño almacén del pueblo. Cuidaré con mis manos la huerta, haré de nuevo los almácigos de ciboulette, recogeré las callampas después de la lluvia y enseñaré a Trini cuáles se pueden comer. Le enseñaré también a oír la música, como mi abuela me enseñó los libros.

Sofía se consigue la camioneta grande y nos traslada. Cierro la puerta de mi casa sin ninguna emoción. Los demás probablemente creen que es transitorio. Yo sé que no volveré.

Pienso en Juan Luis. Siempre creí que juntos nos iríamos haciendo viejos y juntos empezaríamos a temer. Hoy día sólo me pregunto cuánto ganamos y cuánto perdimos cada uno, pero aún no se cuál fue nuestra auténtica pelea. Me lo pregunto y las respuestas son difusas.

Cierro el portón de San Damián.

El dibujo de Bernardo, el que me regalara para mi cumpleaños, se convirtió en una profecía. Una mujer delgada y rubia, sola entre los cerros, sola entre los cerros.

Sin misericordia cae la lluvia en estos campos, una lluvia perenne. No supe que hacía un viaje a la verdadera humedad. Olor a tierra limpia, a tierra buena como el cuerpo del Gringo son estos campos. Pero claro, su cuerpo tendería un manto de serenidad que no encuentran mis ojos, resumideros, basureros del mundo. Es que me han recibido los naranjos y limoneros con un desolador y triste aspecto, como si me trajesen la incertidumbre más que la seguridad, la impotencia más que la fuerza, la derrota más que la victoria.

Quizás debí ser más modesta. Debí haber tratado. Cuánta arrogancia subyace bajo este inconmensurable silencio.

Quizás aún no es tarde. No, ya lo sé. Es tarde. Yo tracé esta línea. Mal o bien, de mediar más humildad, estaría hoy comunicándome con el mundo, tratando de ser parte de él, aunque fuese una parte relegada y herida.

Dios, ¿quién le enseñará a Trinidad las próximas palabras?

Estoy asustada. No se qué esperar.

Tomo una palabra, la que pronuncié poco cuando aún formaba palabras, la tomo y no se deja soltar, insiste, vuelve, no me deja ni a sol ni a sombra, quiere estrangularme esta palabra. Su nombre es ausencia.

Yo vivo en mi propia ausencia, ausencia sólo mía, nadie tiene cabida en ella. No la lloro como Blanca ni como mujer ni como hembra. Simplemente la lloro.

Ya no estoy en el mundo, vivo en un espacio invisible, vivir sin lenguaje es no vivir.

Dan vueltas en mi mente las últimas ideas. Precarias, fragmentadas, coaguladas. Quisiera asirme de ellas, son las últimas. Lo sé. No puedo ni plasmarlas. Y si pudiera, ¿para qué?

Fuera del alcance del otro, de todo otro, de los otros, intento reunirme y me escurro de mí misma. Claro, comprendo que ya no estoy, que me voy yendo lentamente, no sé hacia dónde ni hacia qué. He ido a reunirme con algo lejano, nadie me sigue. Así como la ausencia me define a mí, la distancia define todo mi acontecer.

Pájaro convaleciente, pájaro final.

Me ha dado por ayunar. La falta de alimento me aliviana. Es tal el hambre que deja de serlo y entonces me siento levitar y olvido. El hambre excesiva como una droga, estoy en una altura donde nadie me alcanza, la debilidad de mi cuerpo alivia la de mi mente. Morirse de hambre, como si ya tuviese el recuerdo de lo que aún no sucede.

Miro pasar un cortejo por el camino. Avanza de lejos por el camino, surge el polvo a pesar de la lluvia acumulada, pobre y polvoriento el cortejo y me pregunto por el mío. Aquella vez que vi a Sofía en el lanzamiento de su libro hablando desde el estrado, intuí que la única vez que yo estaría en un sitio de honor sería en mi propio funeral. Un lugar central. (Podría haberlo sido el día que me casé, pero entre Juan Luis y mamá me lo robaron.) Recuerdo cuando vi morir a mi abuela. Era ya muy anciana. Miraba su ataúd y pensaba que no quería que la muerte se marchase tan pronto. (Cuántos deseos tenía ella aún. Su problema era encontrar la fuerza para emprenderlos, y ya no tenía esa fuerza. Agradezco que ella no me vea. Peor que una anciana yo, ni siquiera me quedaron los deseos.) Me consoló el entierro de mi abuela, me dio permiso para cerrar una etapa, para tener visiblemente pena. Al menos que nos dejen eso los muertos. Lo que no le dejaron a Victoria. Miro cómo avanza por el camino este funeral de campo, con angelitos y lloronas y por primera vez comprendo esa parte de Victoria, me duelo por alguien que no sea yo. Me duelo por Victoria. ¡Si hubiese habido evidencia de muerte, Blanca! ¡Si hubiese habido ritos funerarios! Estos ritos habrían mitigado la separación. Papá podría haber ocupado social y públicamente el lugar central, equivalente al que ocupaba en mi corazón. Quisiera haberme enlutado, pero ni a ello tuve derecho. Ni siquiera a decirme a mí misma que efectivamente estaba muerto, hasta eso me producía culpa. Era como matarlo con mi propia mano.

El lugar central.

Vuelvo a mi propio entierro. E imagino a la rubia Trinidad sola con el ataúd, todo el peso de la caja -cajas también las cunas- sobre sus espaldas. La mirarán, la observarán.

O, it's only Dedalus, whose mother is beastly dead.

Como si desde el campesino funeral mi mente la hubiese llamado, veo venir a Victoria a pie por el camino entre los árboles y el barro. Me sorprendo. Para llegar ha debido tomar esa micro vieja que atraviesa los cerros con lentitud.

Su cara es solemne. Quiere hablarme. Ella misma le pide a Honoria que se lleve a Trinidad de paseo. Nos sentamos al lado del fuego.

Entonces, Blanca..., prometí algún día contártelo, ¿recuerdas? He venido a eso. He tomado una micro para llegar a tu campo y verte a solas. Te traje esto. ¿Ves bien este paquete? Ya te explicaré cómo se usa. Recuerdo una vez que le pusiste una inyección a Bernardo, cuando tenía una feroz amigdalitis. Si, te acuerdas, ¿cierto? Y reparé en esas manos maestras. Por eso he elegido este sistema.

No entiendes mucho, ¿verdad? Pues, a mí me hicieron alguna vez una promesa. Y hoy siento que debo cumplirla contigo.

Te contaré. Fue cuando estuve en prisión.

Varias veces me tiraron vendada a un calabozo, una pieza asquerosa, sin luz, húmeda y pequeñísima, según comprobé la primera vez que pude verla. Era el calabozo de un hombre que habían detenido antes que a mí. Allí lo conocí. ¿Por qué lo hacían los agentes? No lo sé.

Esto nunca se lo he contado a nadie, Blanca. La primera vez que me tiraron a ese sucucho, yo era un desecho humano. Habían estado interrogándome sobre mis pasos en la búsqueda de mi padre –fue por eso que me tomaron– y querían la información de las redes del partido y de los que ayudaban en estas búsquedas. Yo hablé, como hablaron casi todos. Luego de hablar, para hacer más sólida la culpa y el odio hacia mí misma, me violaron. No sé cuántas veces ni cuántos hombres... me hicieron mucho daño. Terminada la sesión, me tiraron desnuda a una celda.

Me di cuenta de una presencia viva por su respiración. Yo estaba vendada. Al comienzo ninguno habló. Después sentí que se me acercaba por el suelo, como reptando. Parece que me miró.

-¡Dios mío! ¿Qué te han hecho? -fueron sus palabras casi sin voz.

Yo no podía ni responder, tirada en el suelo mojado entre la sangre, el semen y la mierda. Él se tiró a mi lado.

-Estoy amarrado -me dijo-. Tengo las manos y los pies atados, no puedo sacarte la venda.

No respondí, casi inconsciente. Me esperanzaba sentir una voz amiga como si me tendiera un nexo con la vida, pero tampoco estaba segura de que fuese amiga esa voz. Podía ser otro torturador que me ablandaba, por tanto no traté de comunicarme con él y seguí en mi media inconciencia. Mi única certeza de estar viva eran mis enormes ganas de estar muerta. De repente sentí que algo limpiaba mi cara, algo húmedo rozaba mis heridas en los pómulos, en la mandíbula, en la boca. Era un bálsamo que me curaba. Era su lengua.

Lo único de que disponía, atado entero, para darme alivio.

Bajo mi venda, creí que Dios había vuelto a esta tierra abandonada cuando hizo lo mismo con mi sexo, sucio y herido.

Su caridad para entregarse a mi degradación, para intentar sacarme de ella, restauró no sólo mi cuerpo sino mi valor y mi energía. Pensé, si hay un ser humano como éste en el mundo, es que vale la pena vivir en él. Nada, Blanca, nada bueno de todo lo ocurrido en mi vida lo he agradecido como eso.

La segunda vez que me tiraron a su celda, él no estaba atado y pudo sacarme la venda. Entonces vi por primera vez a este hombre que había estado más cerca de mí que nadie en toda mi existencia. Lo miré, abismada ante su belleza, y me largué a llorar. Él me abrazó, ahuecó mi cabeza en su pecho y nos dormimos, sin decirnos una sola palabra.

No me volvieron a torturar, pero eso yo no tenía cómo saberlo. Y un día que estábamos en la celda le pedí que si se volvía a repetir, me ayudara a morir. Le dije que era a la única persona a quién le creería si accedía a pactar esta promesa.

Accedió.

Y la última vez que nos juntaron en ese calabozo, aterrada del presente y del futuro, le pregunté si podía extender su promesa a la vida de afuera, si sobrevivíamos y nos encontráramos. Es difícil entenderlo ahora, Blanca, pero en esas circunstancias era vital para mí, el poder acudir a alguien en este mundo con tanto amor y coraje como para hacer lo que uno es incapaz, porque no tiene ni posibilidades ni valor.

El lo entendió. Y la promesa fue hecha.

Este hombre era el Gringo.

El día aquel que el Gringo y tú se conocieron, lo súpe al instante. Cuando la nieta de la Rosa comentó que ustedes eran los príncipes de sus cuentos, vi un aura que los envolvía sólo a ustedes, a nadie más, y que una estética determinada los reuniría algún día. Quedé fuera, una exclusión brusca por la sola mirada que el Gringo te dirigió.

Yo sentía, Blanca, que una parte del Gringo era mía, pero no me enojé por que me la quitaras. Eras tú, después de todo. Nada que emanara de ti podía no ser benéfico para él. Me hice a un lado, advirtiendo que esta vez yo había perdido.

Ese día que nos encontraste abrazados en la sala de estar, ¿te acuerdas? Vi tus ojos, ¡cómo no entender lo que te pasaba! Estaba segura, Blanca, que una palabra mía y te alejarías inmediatamente de él. Estábamos aún a tiempo. Tu impecable decoro y tus intenciones, perennemente buenas, no tocarían nunca algo de lo que yo me hubiese apropiado, no harían jamás un movimiento para herirme.

Esa fue mi oportunidad, haberte dejado ir en el silencio. El Gringo tenía los ojos cerrados y no se habría enterado de que nos viste abrazados en ese sillón y que interpretabas erróneamente la situación. Sencillamente no se habría encontrado más adelante con tu disponibilidad y basta. Nada habría sucedido. Pero me armé de coraje y te dije, no, Blanca, no es lo que tú crees. Fue grande la tentación de dejártelo creer. Sin embargo, sellé mi propia expulsión.

No, no me pongas esa cara, no mires así. Igual no habría podido partir con él, no con este duelo suspendido, congelado, no mientras no encuentre el cuerpo de mi padre. Esos huesos, estén donde estén, me anclarán. No, no estaría en Australia si no fuese por ti.

Sentí que correspondía retirarse y dejarte vivir. Yo conocía al Gringo, sabía bien que -dolores más o menos- algo se transformaría en ti por su sólo contacto. Después de todo, Blanca, ¿no es ése el sentido del amor: la transformación? Míranos a Sofía, a ti y a mí. Lo bello de nuestra amistad es cuánto hemos transformado una en la otra, por la pura fuerza del cariño. Ninguna de las tres somos las mismas, por el sólo hecho de habernos querido.

Te contaba que entonces, el día que tuve la tentación de quitarte al Gringo, estaba reanudando con él esta antigua promesa. La que hicimos en prisión.

Me soltaron antes que a él. Yo hice lo imposible por su libertad, estuve atenta a él cada día. Pero cuando al fin lo liberaron, decidió partir, rompiéndome con ello el alma. Imaginarás entonces lo que significó para mí verlo aparecer, después de tanto tiempo. Creí que venía a buscarme. A mí. Tuve la loca fantasía de que él había cerrado los ojos de noche pensando en mí tantas veces como lo hice yo. Pero no, era afecto puro, no otra cosa. Quizás hubiese podido transformarse si tú no hubieses llegado. ¿Comprendes, Blanca, mi pena, cuando entendí que me era inaccesible? Solo tú pudiste llegar a él. Al Gringo no se llega de esa manera, Blanca, créeme que lo sé y no sólo por mí. Creí que después de todo lo vivido estando detenidos, mi vida se salvaría a su lado, que se salvaría para siempre. Tú sabes que es harto más fácil asignarle a otro la propia salvación. Yo me salvaría sólo en esa confianza y en esa proximidad. Lo busqué, lo esperé. Y cuando por fin llegó, llegó a ti, no a mí. Ese hombre era pura humanidad, Blanca, antes que lo destruyeran. Y me enseñó una gran lección de amor, del amor en grande.

Nunca necesité pedirle que me ayudara a morir, pues la única vez que quise morir de verdad él me salvó. Desde entonces he vivido tranquila sabiendo que en Aysén o en Australia o dónde sea, puedo recurrir a él si el momento llega y estará. Eso sí lo sé. Él siempre, a su manera, estará.

Y eso me ha hecho pensar en ti.

Aquí te dejo el paquete. La insulina es toda la necesaria.

No me mires ni trates de decirme algo. En su ausencia, hago por ti lo que el Gringo haría por mí. El resto... ya es decisión tuya.

Victoria se levantó del fuego, húmedos los ojos, y me abrazó. Fuerte, muy fuerte. Y con la luz naranja de la tarde, se fue por el camino.

Mis ojos no se desclavaron de ese cuerpo gracioso y cansado a la vez, de su largo pelo negro con sus mil ondulaciones, de su abrigo viejo y un poco raído. Tuve la extraña sensación de que mis ojos no volverían a mirarla. Quise gritarle, que no se fuera, que no me dejara sola, que tenía miedo. Ninguna voz se escuchó.

He guardado la jeringa y la insulina. No soy capaz. Aborrezco mi cobarde lucidez.

ALGO ha comenzado a zumbar adentro de nuevo en el cerebro Trini se me duerme la mano derecha el hormigueo ha comenzado con el zumbido me arranca de cuajo del desperdicio me tira a la alba intemperie luz vivísima el tiro hemorragia de imágenes mis ojos líquidos reos mis ojos hasta que se me desangren mis ojos bulle todo zumba flechas cruzan mi cerebro crucificado de dolor acumulado nada de mañana me puebla blanca in-albis alba de la nada sin ansias sin palabras sin sentir salvo el pavor de este zumbido el vértigo el abismo espeluznante la caída de este cerebro cerrado amarrado amordazado mi dulce niña de leche mi niña de rocío hablar contigo la lengua del silencio trinidad piensa en mi corazón que por ti sueña hordas llegan a mi cerebro alguien grita adentro mío ya no pertenezco lacios los latidos tiemblo de frío y de mí misma se me crispa la boca el rostro se desencaja las sombras me rodean más y más inciertas espesas estas sombras la retina enfoca poco a poco existencia de purgatorio la que veo nada puedo apretar al pecho ni la idea viene el delirio lo veo venir sin estrella luminiciente blanco avanza al remate final trini trinidad dime niña si las palabras suenan de oro dime si enmudezco por todas las hablantes de la tierra dime teje un velo la oscuridad vencida me encuentra horriblemente viva cae lo podado cae lo incierto se me duerme la pierna derecha brazo y pierna dormido trinidad azul tu cuerpo ya no sirve ahora sí ahora si se te llena el alma de imposibles es que mi soledad viene a besarte

AGRADECIMIENTOS

Quisiera agradecer sinceramente al Fondo de Desarrollo de la Cultura y las Artes, por el financiamiento de muchas de estas horas de escritura.

Al poeta Oscar Castro, por el uso y abuso de su poema.

A Juan Andrés Piña, por ser el mejor de los editores.

A Paula Serrano, por su enorme ayuda y acertadas correcciones.

A Alberto Fuget, por su buena onda.

A Héctor Soto, y a los que leyeron, sugirieron y apoyaron.

Y a todos los que trabajaron en la Comisión de Verdad y Reconciliación, a los famosos y anónimos, ese pedazo de memoria y dignidad, para que el país no lo olvide.